L'échappée d'une fiancée

CAITLIN CREWS

L'échappée d'une fiancée

Traduction française de
EMMANUELLE DETAVERNIER

AZUR

HARLEQUIN

Collection : Azur

Titre original :
THE BRIDE HE STOLE FOR CHRISTMAS

HARPERCOLLINS FRANCE
83-85, boulevard Vincent-Auriol, 75646 PARIS CEDEX 13
Service Lectrices — Tél. : 01 45 82 47 47 - www.harlequin.fr
ISBN 978-2-2804-7548-8 — ISSN 0993-4448

Composé et édité par HarperCollins France.
Imprimé en septembre 2022 par CPI Black Print (Barcelone)
en utilisant 100% d'électricité renouvelable.
Dépôt légal : octobre 2022.

FSC
www.fsc.org
MIXTE
Papier issu de sources responsables
FSC® C159065

Pour limiter l'empreinte environnementale de ses livres, HarperCollins France s'engage à n'utiliser que du papier fabriqué à partir de bois provenant de forêts gérées durablement et de manière responsable.

1.

Installée à la droite de son oncle, Timoney George retint un soupir en observant la grande salle.

Si elle ne s'était pas sentie aussi mal, elle aurait peut-être pu apprécier ce magnifique dîner.

Après tout, quoi de mieux qu'un bon repas en cette veille de Noël pour célébrer un mariage ? D'autant que les invités triés sur le volet étaient trop bien élevés pour faire allusion aux incidents fâcheux qui avaient mené à l'organisation de cette union.

Le futur marié, considéré par beaucoup comme le gendre idéal, était très apprécié. Deux de ses précédentes épouses faisaient d'ailleurs partie de ce même cercle très sélect d'hommes et femmes possédant du sang bleu et promis à un brillant avenir. La soirée était une véritable ode au luxe et au raffinement, comme le souhaitaient son oncle et le futur marié. Elle seule, la future mariée, faisait tache dans le décor.

La demeure familiale dont son oncle Oliver avait hérité à la mort de son père ressemblait à un décor de film romantique. L'épouse d'Oliver, Hermione, pourtant connue pour sa froideur et sa quête interminable du corps parfait, longiligne et fin comme celui d'un mannequin, qu'elle tentait d'obtenir à grand renfort de régimes et de jeûnes et d'innombrables séances de sport tenant de la torture, semblait très douée en décoration. Si Timoney avait été cynique, elle aurait presque pu croire que la décoration intérieure était son seul moyen d'expression depuis leur mariage.

Après tout, une jeune femme comme Hermione, plus jeune et – bien entendu – moins intelligente que son mari, était là pour faire de la figuration et rendre son époux fier de son apparence. Elle n'avait pas à donner son avis ni même à en avoir un. Non, elle devait se consacrer entièrement à son mari tout en se distrayant par des activités respectables comme le jardinage ou la décoration intérieure.

Elle devrait peut-être lui demander des conseils ? songea Timoney. Après tout, n'était-elle pas elle-même sur le point de devenir « la femme trophée » de son futur époux ?

Malgré elle, son regard se posa sur ce dernier…

Et rien ne se passa. Son cœur ne se mit pas à battre la chamade ni à se serrer. Elle ne frémit même pas à la perspective de devenir sa femme.

Elle ne ressentait rien, et ce depuis que son oncle lui avait annoncé qu'elle avait un choix et un seul : épouser Julian Browning-Case ou couper tout lien avec le peu de famille qui lui restait.

Inutile de le nier, elle détestait son oncle, et elle n'appréciait pas particulièrement sa tante ou ses cousines, mais elle n'avait plus qu'eux. Ses parents auraient d'ailleurs voulu qu'elle fasse un effort. Ils répétaient souvent qu'Oliver avait bien des défauts mais qu'il faisait de son mieux… Même si c'était parfois difficile à croire.

Et puis, elle leur devait bien ça après ce qui s'était passé, son comportement ayant jeté l'opprobre sur toute la famille – comme aimait à le répéter son oncle.

Pour autant, elle avait du mal à croire qu'il s'inquiète autant pour sa réputation.

Les George étaient une vieille famille qui avait su conserver sa richesse et son influence malgré les années. Et si tout le monde s'accordait à dire qu'il y a une brebis galeuse dans chaque famille noble, qui aurait pu condamner le clan pour une erreur commise par une jeune femme qui venait de perdre ses parents ?

De nombreux autres descendants de la noblesse ou futurs héritiers faisaient d'ailleurs régulièrement la une de la presse à scandale au grand désarroi de leurs parents, et ceux-ci ne les forçaient pas à épouser le premier venu pour laver cet affront. Non, son oncle ne cherchait qu'à lui imposer sa volonté car il en avait à présent le pouvoir…

Mais tout cela n'avait plus aucune importance. Elle avait accepté son offre.

Julian Browning-Case n'avait rien de commun avec l'homme idéal, au contraire, et il avait trois fois son âge. Mais il ne lui avait jamais manqué de respect. Il était toujours parfaitement courtois envers elle, même lorsque son oncle en venait à la rabaisser ou à l'insulter.

Malgré elle, une remarque de sa tante lui revint en mémoire alors qu'elle observait son futur époux.

Lors de la soirée de ses fiançailles, elle avait pris un instant pour s'isoler afin de se préparer. Ayant visiblement perçu son trouble, sa tante l'avait rejointe et elle s'était permis de lui donner quelques conseils. Comme si l'absence de son mari lui permettait de redevenir la femme qu'elle était réellement, ne serait-ce que quelques instants.

Elle avait commencé par lui faire remarquer que tout était une question de perspective, avant d'ajouter que les Browning-Case avaient tendance à mourir jeunes.

— Les unions sans amour sont fondées sur un principe d'équilibre. Il faut savoir faire le deuil de ses rêves tout en reconnaissant les avantages et les nombreuses joies qu'un tel mariage peut apporter, et en en profitant.

Cette conversation aussi étrange qu'inattendue avait été leur seul véritable moment de complicité, mais Timoney lui en était néanmoins reconnaissante.

Cette période avait été particulièrement difficile, d'autant que ses parents lui manquaient horriblement. C'était toujours le cas, d'ailleurs, même si trois années s'étaient déjà écoulées depuis leur décès. Et puis, il y avait eu cette monumentale erreur qui lui avait brisé le cœur, la transformant irrémédiablement…

C'était différent, à présent. Elle ne ressentait plus rien : ni peur, ni même douleur de se retrouver dans la maison où elle avait passé son enfance entourée de l'amour de ses parents.

Elle n'avait pas encore vingt ans quand ils étaient morts dans un accident de voiture par une nuit glaciale à quelques kilomètres à peine du manoir.

Oliver ne lui avait même pas laissé le temps de digérer la nouvelle. En tant qu'héritier de la fortune des George et gérant de son héritage bloqué jusqu'à son vingt-huitième anniversaire, il avait décidé de ne plus régler ses frais de scolarité et l'avait forcée à quitter l'établissement où elle poursuivait ses études, situé dans les Alpes françaises.

Après le retour de Timoney au manoir, où il s'était installé avec sa femme et leurs enfants, il lui avait annoncé qu'elle avait à présent le choix : ou épouser un homme ayant son approbation, ou quitter la maison pour se débrouiller seule, car il était hors de question qu'il passe les huit prochaines années à l'entretenir.

Comme elle se remémorait cette conversation, elle prit une gorgée de vin pour chasser le goût amer qui lui restait en bouche. Un sourire de façade aux lèvres, elle hocha la tête, feignant d'écouter les conversations autour d'elle.

Choquée et en colère face à la décision de son oncle, elle s'était rebellée, lui rappelant qu'elle n'était plus une gamine et qu'il n'avait pas le droit de la traiter ainsi.

Elle s'était réfugiée à Londres et avait rapidement trouvé un emploi dans les relations publiques pour une entreprise dont elle ignorait tout. Son manque de qualification n'avait pas été un problème. En tant que membre d'une vieille famille, elle avait ses entrées dans les milieux les plus fermés, et ses nombreux contacts garantissaient une couverture médiatique importante aux fêtes organisées par la compagnie. Pendant plus de deux ans, son existence s'était déroulée comme dans un rêve. Elle partageait un appartement dans le centre de Londres avec d'anciennes camarades de classe « abandonnées » par leur famille et priées de faire leurs preuves, même si leur situation différait légèrement de la sienne.

La plupart d'entre elles disposaient d'un fonds auquel elles avaient accès. Elles jouaient donc le jeu, rongeant leur frein en faisant la fête jusqu'au jour où elles se marieraient et s'intégreraient au sein de la famille de leur mari.

La seule différence de taille qui les séparait était que leurs parents ne cherchaient pas à les forcer à épouser l'homme de leur choix.

Enfin, pour l'instant. Qui savait ce que l'avenir leur réservait ?

Quoi qu'il en soit, cette existence insouciante avait volé en éclats lors de sa rencontre avec Crete Asgard.

Même aujourd'hui, après tout ce qui s'était passé entre eux et malgré sa situation actuelle, elle ne pouvait s'empêcher de frissonner en songeant à lui.

Pour autant, elle lui était reconnaissante : s'il ne lui avait pas brisé le cœur, l'arrachant de sa poitrine pour le réduire en miettes, elle n'aurait pas pu supporter ce dîner célébrant son mariage avec un homme qu'elle connaissait à peine et qu'elle n'aimait pas.

Deux mois s'étaient écoulés depuis ce fameux jour où il l'avait plaquée sans la moindre hésitation.

« Plaquer » n'était sans doute pas le meilleur mot pour décrire ce qu'il lui avait fait, comment il l'avait détruite de l'intérieur, la réduisant à une coquille vide qui ne ressentait plus rien, mais peu importe. Tout cela appartenait au passé. Au moins, elle n'avait plus à craindre de souffrir, à présent.

La voix de son oncle la ramena brusquement à la réalité.

— J'espère que tu n'as pas changé d'avis, dit-il froidement, en la prenant par le coude comme pour la soutenir.

Elle ne se souvenait même pas de s'être levée. Elle avait sans doute suivi le mouvement sans s'en rendre compte.

— Non, pas du tout, mon oncle. Je n'ai pas le moindre doute puisque tu me l'as interdit, lui rappela-t-elle d'une voix sereine.

Il resserra sa prise, mais elle ne réagit pas.

La douleur était bien présente, mais elle éprouvait une étrange satisfaction à la ressentir sans donner le moindre signe de son inconfort.

— Julian m'a dit que tu avais refusé de boire un verre en sa compagnie, souffla-t-il à son oreille. Je croyais que nous nous étions mis d'accord.

En clair, il lui avait ordonné de donner à son fiancé un avant-goût de leur nuit de noces.

— Je ne vois pas où est l'urgence. Nous serons bientôt mariés, rétorqua-t-elle en plongeant son regard dans celui de son oncle.

Peut-être était-ce une erreur de se convaincre qu'elle ne ressentait rien, car même si elle demeurait impassible, elle ne put s'empêcher de se réjouir de sa réaction. Il s'efforçait de ne rien laisser paraître, mais il était évident que son apparente désinvolture le mettait en colère.

— Que t'arrive-t-il ? lui demanda-t-il en plissant les yeux. Dois-je te rappeler que tu es déjà souillée, Timoney ? Cette ordure a paradé avec toi devant les objectifs. Tout le monde connaît la nature de votre relation, et tu joues les saintes-nitouches ?

Elle se dégagea aussitôt.

— Je ne cherche pas à jouer les saintes-nitouches, mon oncle, je me montre simplement prudente. Pourquoi devrais-je m'offrir à lui juste avant notre mariage ? Et s'il était déçu ? demanda-t-elle comme Oliver ouvrait la bouche. Peu importe ma réputation, pourquoi un homme payerait-il à prix fort ce qu'il peut obtenir gratuitement ?

Elle s'efforçait de parler d'un ton léger comme si le sujet ne la concernait pas, mais si son cœur n'avait pas été brisé deux mois plus tôt, cette conversation l'aurait sans doute achevée.

Julian lui avait bien fait comprendre qu'il attendait leur nuit de noces avec impatience. Il n'avait rien dit, mais c'était inutile. Les regards qu'il lui avait lancés lors de la précédente soirée organisée par son oncle avaient été on ne peut plus éloquents.

Dès le lendemain, Oliver avait commencé à lui parler de sa réputation et de la honte qu'elle avait jetée sur la famille et sur ses trois filles, qui ne manqueraient pas de payer le prix de son indécence si elle ne trouvait pas un moyen de se racheter.

À l'entendre, sa liaison avec Crete Asgard – un riche homme d'affaires qui ne devait sa fortune qu'à son travail acharné et qui méprisait ouvertement les héritiers de vieilles familles comme Oliver – avait fait d'elle une paria, un véritable parasite qui ne valait pas mieux que ces drogués qui vivaient dans la rue.

Pour Oliver, l'addiction n'était pas une maladie, c'était un choix. Peu importait si la majorité des femmes de leur milieu consommaient régulièrement des calmants afin de supporter leur époux. Ce n'était pas un problème tant que personne ne s'en rendait compte. Timoney, elle, avait commis l'erreur impardonnable de s'afficher aux yeux de tous.

De nombreux amis d'Oliver lui avaient parlé de sa scandaleuse relation avec son non moins scandaleux amant. De toute évidence, la presse à scandale était très populaire auprès de la bonne société…

— Qu'as-tu l'intention de faire à présent ? avait-il demandé, une semaine après son retour. Tu comptes vendre ton corps comme ces femmes qui défilent en petite tenue ?

À l'entendre, le mannequinat était semblable à la prostitution !

— Je suis flattée, mon oncle, avait-elle répondu avec ironie. J'ignorais que tu me trouvais assez jolie pour devenir mannequin.

Il l'avait aussitôt giflée.

— Tu ressembles de plus en plus à ta mère, avait-il conclu en tournant les talons pour s'enfermer dans son bureau et réfléchir à son avenir – ou plus exactement à la façon dont il pourrait se servir d'elle.

Une fois seule, elle avait serré les lèvres pour ne pas fondre en larmes.

Avec ses cheveux blonds, son large sourire et son petit nez retroussé, elle était l'image parfaite de sa mère au même âge, mais Oliver avait pratiquement craché cette dernière phrase comme si c'était une insulte.

S'efforçant de revenir à l'instant présent, elle s'avisa que son oncle l'observait comme s'il cherchait à déterminer si elle était sincère.

— Il vaudrait mieux que j'aille me coucher, affirma-t-elle avec un sourire. Une longue journée m'attend demain.

— Julian et toi passerez la nuit dans sa suite, lui rappela-t-il sèchement. Il ne souhaite pas partir en voyage dès la fin de la réception. J'espère pour toi que rien ne se mettra en travers de votre nuit de noces, l'avertit-il sombrement.

— Dommage que nous ne puissions pas rassembler

les invités pour leur montrer le drap, commenta-t-elle, sarcastique.

— Pour organiser ce genre de cérémonie, il faut que la mariée soit vierge, déclara-t-il, les yeux étincelant de colère. Nous savons tous les deux que ce n'est plus ton cas. Tu as laissé cet animal te souiller. L'as-tu oublié ?

Choquée par la violence de ses propos, elle s'éloigna, le sourire aux lèvres, en prenant soin d'adresser un signe de tête aux invités, tous aussi froids que sa tante, cruels que son oncle et suffisants que son futur époux.

Ils n'allaient sûrement pas manquer de profiter de la fête et de l'alcool coulant à flots jusqu'aux petites heures de la nuit. Avec un peu de chance, Julian serait trop fatigué pour assurer ses devoirs conjugaux…

— À demain, ma douce, dit celui-ci en se matérialisant soudain devant elle.

Il avait les joues un peu trop rouges et les yeux un peu trop brillants, mais elle fit comme si elle ne s'en apercevait pas.

— À demain, murmura-t-elle en accélérant le pas imperceptiblement.

Cela faisait des semaines qu'elle s'efforçait de faire bonne figure. Elle avait d'ailleurs presque réussi à se convaincre que sa situation n'était pas aussi horrible qu'elle paraissait. Ce n'était certes pas un mariage d'amour, mais son futur époux était un homme prévenant qui ne se servirait pas de ses émotions pour la faire souffrir. C'était une chance, vraiment, après avoir eu le cœur brisé…

Et pourtant, la perspective de partager son lit avec lui et de se retrouver allongée sous son corps nu la remplissait d'effroi. Les choses étaient plus faciles quand la nuit de noces n'était qu'un événement à venir, un concept abstrait auquel elle s'efforçait de ne pas penser. Mais elle n'avait plus le temps, la cérémonie allait avoir lieu le lendemain !

S'arrêtant au pied de l'escalier, elle fit demi-tour en direction des jardins et prit sa cape au passage.

Un brouillard d'hiver couvrait les pelouses, rendant l'atmosphère presque inquiétante, et elle ne put s'empêcher de frissonner.

Demain soir à la même heure, elle serait mariée avec Julian et forcée de faire ce que nombre de femmes avaient fait avant elle : rester allongée, les yeux fermés, à s'imaginer dans les bras d'un autre homme, celui qui lui avait donné tant de plaisir qu'elle avait cru en mourir, celui qui l'avait fait tant souffrir et dont le souvenir la hantait toujours.

Sentant son cœur se serrer, elle s'efforça d'ignorer la douleur. Il valait mieux continuer de prétendre qu'elle ne ressentait rien, sans quoi elle se serait sans doute écroulée sur place.

Resserrant sa cape autour d'elle, elle s'installa sur un banc en pierre et ferma les yeux.

Le visage de Crete s'imposa aussitôt à son esprit, et elle soupira.

Ce soir était sa dernière occasion de penser à lui. Dès demain, il ne serait plus qu'un merveilleux et douloureux souvenir tandis qu'elle se consacrerait à son mariage avec Julian.

Cela faisait des semaines qu'elle s'efforçait de faire bonne figure, ignorant les remarques désobligeantes de son oncle qui semblait déterminé à l'humilier quotidiennement. Mais ce soir, dans la solitude de ce jardin désert, elle s'autorisa à laisser libre cours aux émotions que lui inspirait cette union arrangée : la peur, l'effroi, le dégoût.

Ce n'était pas ainsi qu'elle avait envisagé son avenir. Elle s'était toujours imaginé épouser un homme qu'elle aimait et qui l'aimerait en retour et qui la rendrait aussi heureuse que ses parents l'étaient… Et pourtant, la réalité était tout autre. Elle s'apprêtait à s'unir à un homme de trois fois son âge, alors que celui qu'elle désirait toujours malgré le mal qu'il lui avait fait lui était interdit.

Crete Asgard avait fait irruption dans sa vie avec la force d'un ouragan, détruisant tout sur son passage jusqu'à ce qu'il ne reste rien que les ruines de celle qu'elle était avant lui.

Elle se rappelait chaque seconde de chaque instant qu'ils avaient partagé, la chaleur de sa peau contre son corps, ses mains la caressant, lui donnant plus de plaisir qu'elle n'aurait jamais pu l'imaginer et ses lèvres si douces et exigeantes à la fois quand il l'embrassait jusqu'à lui couper le souffle.

Elle s'était donnée à lui, lui offrant son corps, son cœur et son innocence, et il l'avait brisée.

Avec lui, elle avait découvert des sensations nouvelles dont elle ignorait l'existence et dont elle se demandait si elle les ressentirait à nouveau. Il lui arrivait de se réveiller en pleine nuit, le corps à l'agonie, tremblante de désir et affamée de lui et de sa bouche. Elle rêvait qu'elle était de retour dans son appartement, heureuse, alanguie dans ses bras, la lueur du feu adoucissant ses traits tandis qu'il la contemplait…

Avant que son univers s'écroule et que la réalité vienne reprendre ses droits.

« J'ai du mal à me concentrer quand je suis avec toi », avait-il confié un jour, la faisant fondre de bonheur.

Dire que la jeune fille inexpérimentée et stupide qu'elle était à l'époque avait pris cet aveu comme un compliment !

Crete Asgard était un homme exceptionnel. Fruit d'une liaison extraconjugale, il avait été la cible de la cruauté et de la haine de sa famille dès son plus jeune âge. À sa majorité, il avait été forcé de quitter le nid familial et de se débrouiller seul. Affamé de pouvoir et d'ambition, il ne lui avait fallu que cinq ans pour amasser une fortune considérable. Il avait ensuite continué à gravir les échelons jusqu'à devenir un homme puissant et riche, capable d'obtenir tout ce qu'il voulait d'un simple claquement de doigts.

Elle aurait dû se rendre compte qu'un homme comme lui se lasserait rapidement de la jeune fille naïve qu'elle était alors, ainsi que des « distractions » qu'elle pouvait lui offrir.

Le cœur douloureusement serré, elle secoua la tête.

L'atmosphère avait toujours été électrique entre eux, et ce dès leur première rencontre.

Levant les yeux de son portable, elle l'avait aperçu, se tenant là, à moins d'un mètre d'elle, sa chevelure ébène étincelant à la lueur des projecteurs, ses yeux d'un bleu azur la fixant avec arrogance et intérêt.

Elle ne se souvenait pratiquement pas de la soirée ni du nom du club, mais elle se rappelait parfaitement comme son souffle s'était bloqué dans sa poitrine lorsque leurs regards s'étaient croisés.

Crete Asgard n'était certainement pas le premier homme séduisant qu'elle rencontrait, mais il avait quelque chose de sexy et de dangereux qui le différenciait des autres. Avec ses origines à la fois grecques et scandinaves, il ressemblait à un Spartiate ou à un grand guerrier viking capable d'annihiler une armée entière par sa seule force. Elle pouvait presque entendre le son des tambours annonçant la bataille, leur rythme effréné accompagnant celui de son cœur, la pénétrant, l'envoûtant, lui donnant envie de danser et de se laisser emporter par leur captivante mélopée.

Il ne l'avait pas touchée, il n'avait même pas ouvert la bouche, mais la caresse de ses yeux bleus l'avait mise au supplice, ce simple geste déjà trop intime pour une piste de danse.

Son pouls s'était affolé quand il lui avait caressé la joue comme pour se prouver qu'elle était bien réelle, comme s'il ressentait lui aussi cette terrifiante et excitante attirance.

Poussant un juron, il l'avait ensuite prise par la main pour lui faire traverser le club, et elle avait senti une étrange chaleur se répandre entre ses cuisses alors qu'ils fendaient la foule de corps se trémoussant sur des rythmes enfiévrés, sans leur accorder un regard, comme s'ils n'existaient pas, comme si le reste du monde avait disparu. Il n'y avait plus que lui, plus qu'eux et cet étrange lien qui les liait, semblable à un courant électrique les parcourant tous les deux.

— Qui es-tu ? avait-il demandé, avant de prendre sa bouche, l'empêchant de répondre.

Il l'avait goûtée avec volupté et impatience, sa langue explorant sa bouche, taquinant la sienne jusqu'à la faire trembler de désir.

Elle ne s'était jamais sentie aussi vivante que dans cette salle obscure des coulisses de cette boîte de nuit.

Crete avait fait en sorte que son homme de main s'assure que personne ne vienne les déranger, mais elle s'en était à peine rendu compte à l'époque. Elle était incapable de réfléchir, bien trop bouleversée pour s'inquiéter de ce genre de détails. Un incendie s'était déclaré en elle, sur le point de tout emporter sur son passage. Il était déjà trop tard pour fuir, elle ne pouvait que s'abandonner à la morsure des flammes.

Obéissant à un instinct dont elle ignorait l'existence jusqu'à ce soir fatidique, elle s'était agenouillée devant lui et avait entrepris de défaire sa ceinture.

C'était la première fois qu'elle touchait un homme de cette façon, la première fois qu'elle avait envie de toucher un homme de cette façon, et malgré son manque d'expérience, elle n'avait pas hésité un seul instant à le caresser, s'émerveillant de la douceur de sa peau, de sa chaleur. Elle avait besoin de… De quoi au juste ?

Elle l'ignorait, mais la mélodie des tambours lui enjoignait de se laisser entraîner par leur chant, de se laisser guider par ces sensations nouvelles qu'il éveillait en elle.

Le prenant dans la bouche, elle l'avait goûté, laissant sa langue remonter lentement le long de son membre imposant avant de le reprendre entre les lèvres.

Elle aurait dû ressentir de la honte ou une certaine hésitation, mais il n'en était rien. Elle ne s'était jamais sentie aussi vivante ni aussi puissante qu'en cet instant.

Crete était un homme fort et viril, mais il était entièrement à sa merci, comme en témoignaient sa façon de lui agripper les cheveux pour la guider et ses mouvements de plus en plus erratiques.

Au dernier moment, il s'était écarté avant de la contempler longuement, sa poitrine se soulevant et s'abaissant à un rythme irrégulier et ses yeux brûlant d'un désir si intense qu'elle en avait frissonné.

— Tu as déjà fait ça ? lui avait-il demandé d'une voix rauque et profonde.

Elle n'avait pas hésité un instant à avouer la vérité :

— Non, c'est la première fois.

Ces dernières années, elle avait menti à ses amies, les convainquant qu'elle avait autant d'expérience qu'elles. Toutes étaient convaincues qu'elle aussi avait eu son lot de liaisons d'un soir ou d'aventures sans lendemain, et elle n'avait jamais tenté de les en dissuader.

Les choses étaient différentes avec Crete. Elle ne pouvait pas lui mentir. Pas à lui.

Une étrange expression était alors passée sur son visage, et il s'était rhabillé.

— As-tu la moindre expérience dans ce domaine ? avait-il encore demandé, la forçant à se relever.

Elle avait secoué la tête.

— Dis-moi, avait-il ordonné, dis-moi ce que tu as déjà fait.

— Rien, avait-elle avoué. J'ai déjà embrassé un homme, mais ce n'est pas allé plus loin. Tu es le premier avec qui j'ai…

Sa voix s'était brisée, car il lui avait lancé un regard tellement brûlant, tellement viril, qu'elle avait eu l'impression que de la lave incandescente remplaçait son sang dans ses veines.

— Dis-moi ton nom, et ce qu'il faut que je fasse pour que tu sois mienne.

Malgré elle, le souvenir de cette conversation et de l'intensité de sa voix masculine lui arracha un frisson, son corps lui semblant soudain aussi brûlant de désir que ce soir-là.

Elle avait envie de hurler combien elle l'avait désiré, combien elle l'avait aimé et combien il l'avait fait souffrir. Il l'avait trahie, lui avait brisé le cœur, et elle avait mis des mois à mesurer ce qu'il avait fait, combien il l'avait blessée en la rayant de sa vie comme si elle n'était rien qu'une distraction passagère.

Ce soir pourtant, alors que le froid de la nuit et la perspective de son mariage imminent auraient dû la glacer d'effroi, c'était presque comme s'il était avec elle, comme si sa présence ou son fantôme pouvait la réchauffer. C'était à la fois incompréhensible et tellement injuste…

Crete appartenait au passé, elle ne devait pas l'oublier. Il l'avait plaquée sans la moindre hésitation, le moindre regret. Rien n'aurait pu le faire changer d'avis. Une part d'elle l'avait toujours su, et pourtant elle l'avait aimé, lui permettant de lui briser le cœur.

— Tu dors debout, Timoney ?

Le son de sa voix profonde et virile la fit tressaillir, et elle ouvrit les yeux.

Ce n'était pas possible, ça ne pouvait pas être lui…

Et pourtant, Crete se tenait là, devant elle, aussi séduisant, sexy et dangereux que le jour où ils s'étaient quittés.

Vêtu de l'un de ces costumes hors de prix qui le mettaient si bien en valeur, il était tellement beau qu'elle en oublia un instant de respirer, tandis que sa peau se mettait à la picoter, lui prouvant qu'elle ne rêvait pas et qu'il était réellement là.

Par un étrange caprice du destin, Crete Asgard se trouvait dans le jardin de sa demeure familiale alors que son oncle et son futur époux trinquaient à la cérémonie à venir…

— Crete, murmura-t-elle.

Les sentiments qu'elle s'était efforcée d'ignorer depuis des semaines l'envahirent soudain, et elle se mordit la lèvre dans l'espoir de reprendre le contrôle de ses émotions.

Elle ne devait pas se laisser aller à rêver. Crete avait rompu avec elle parce qu'elle avait fait l'erreur de lui avouer qu'elle l'aimait. Il ne partageait pas ses sentiments et ne les partagerait jamais, car il ne croyait pas en l'amour. Il le lui avait assez répété…

Mais, dans ce cas, que faisait-il ici ?

— Tu ne peux pas épouser ce vieillard, Timoney, déclara-t-il d'un ton autoritaire.

Ce n'était pas là la voix d'un homme désespéré à l'idée de perdre la femme qu'il aimait. Plutôt celle d'un homme irrité, presque déçu.

— J'ai certains standards, Timoney. Mes anciennes maîtresses perdent toujours au change quand elles prennent un autre amant, mais ce que tu fais là relève de l'insulte.

2.

Crete Asgard n'avait jamais eu besoin de faire le moindre effort pour convaincre une femme de partager son lit, mais s'il y avait bien une chose dont il avait encore moins l'habitude, c'était de poursuivre l'une de ses anciennes maîtresses.

Il n'avait absolument aucune raison de se retrouver dans ce jardin, au beau milieu d'une nuit glaciale, face à l'une de ses conquêtes, simplement parce qu'elle était sur le point d'épouser un autre homme. Toute cette histoire était d'ailleurs invraisemblable. Nombre de ses ex-maîtresses avaient probablement fini par se marier, mais si c'était le cas, il n'en savait rien. D'abord parce que ce genre de chose ne l'intéressait pas, et ensuite parce qu'il n'y avait aucune raison pour qu'il soit au courant.

Cette fois, la situation était très différente. Il lui avait été impossible d'ignorer les fiançailles de Timoney George.

Durant leur liaison, la presse à scandale les avait traqués sans relâche, épiant leurs moindres faits et gestes dans l'espoir de décrocher un scoop censé doper les ventes de journaux. Et ces mêmes journalistes – si on pouvait vraiment les appeler ainsi – s'étaient fait une joie d'annoncer le mariage de Timoney, n'hésitant pas à comparer son futur époux avec son ancien amant.

Même s'il n'avait pas cherché intentionnellement des

informations sur Timoney, il avait été incapable d'ignorer les faits, tant les articles étaient nombreux.

Au début, il s'était simplement contenté de les ignorer. N'ayant jamais prêté attention aux rumeurs ou aux commentaires le concernant, il lui avait été facile de s'en moquer et de continuer à vivre comme il l'avait toujours fait.

Pourtant, et pour une raison qu'il avait encore du mal à comprendre, découvrir que Timoney s'était fiancée un mois à peine après leur rupture – il n'avait pas compté, la date était indiquée en tête de l'article – avec un homme de plus de trois fois son âge l'irritait prodigieusement. Le sort de ses anciennes maîtresses le laissait pourtant de marbre d'ordinaire. Alors, pourquoi le fait d'apprendre que Timoney George était prête à épouser un vieillard le gênait-il autant ?

Ce soir, alors qu'il avait eu l'intention de faire un tour en voiture, il s'était retrouvé en route pour l'Oxfordshire vers la demeure familiale des George.

Ayant été chassé de sa propre famille à deux reprises – la première fois quand il n'était qu'un jeune enfant et la seconde quand il était majeur –, il ne s'était jamais vraiment intéressé au concept de lignée ou de patrimoine. Il s'était construit seul, sans l'aide de personne, et il n'avait que mépris pour ces notions dépassées de noblesse et de sang. Il n'avait d'ailleurs pas pu s'empêcher de ricaner en découvrant ce domaine, qui semblait tout droit sorti d'un autre siècle.

Il ne s'était pas rendu compte que c'était la veille de Noël, mais même s'il l'avait su, il ne s'y serait pas arrêté. Ce genre de fête n'avait aucune importance pour lui. Non, il avait simplement eu l'intention de passer saluer Timoney, peut-être de partager une tasse de thé – la réponse de tout Anglais se respectant à la moindre situation gênante –, avant de s'en aller aussi rapidement qu'il était venu.

Ce qui était déjà une aberration en soi ! Il n'était pas du genre à ressasser le passé. Il menait sa vie comme il l'entendait, en profitant au maximum de ce qu'elle avait à lui offrir.

Il avait toujours aimé le sexe, et il collectionnait les conquêtes comme d'autres collectionnent les tableaux. La seule différence, c'était qu'il refusait de s'impliquer ou de s'attacher. Dès qu'il se lassait d'une femme ou qu'elle prétendait l'aimer, il coupait les ponts et passait à autre chose.

Las ! la situation était différente depuis sa rupture avec Timoney. C'était comme si ses appétits avaient changé. Il était toujours capable d'apprécier la beauté sous toutes ses formes, mais, pour une raison inconnue, il ne s'était pas encore résigné à rassasier sa faim dans les bras d'une autre. Et à présent qu'il se trouvait devant Timoney, il comprenait enfin pourquoi.

Drapée dans cette cape qui semblait inefficace pour la protéger de la morsure du froid mais moulait ses formes avec indécence, elle était incroyablement belle, sa chevelure dorée nimbée de rayons de lune.

Peut-être était-ce dû à ses origines grecques, mais il avait toujours eu l'impression que les yeux couleur saphir de Timoney étaient aussi bleus et profonds que la Méditerranée.

— Qu'est-ce que tu fais là ? demanda-t-elle, pâle comme si elle avait vu son fantôme.

Malgré lui, sa réaction le déçut. Peut-être avait-il entretenu l'espoir qu'il lui suffirait d'un regard pour la délivrer de l'envoûtement qu'on avait sans doute pratiqué sur elle ou qu'elle se précipiterait dans ses bras comme elle en avait l'habitude quand ils étaient ensemble.

— C'est pourtant évident, rétorqua-t-il platement.

Loin de paraître impressionnée, Timoney releva le menton comme pour mieux le défier.

— Pas pour moi, en tout cas. Tu n'as rien à faire ici, ajouta-t-elle d'un ton sec.

Une étrange émotion le saisit, et il fronça les sourcils.

Timoney était aussi belle qu'au jour de leur rencontre. Il appréciait la beauté féminine sous toutes ses formes, mais la sienne l'avait fasciné plus que celle de toutes les autres femmes qu'il avait fréquentées. Sans compter qu'il y avait toujours eu quelque chose entre eux, comme une sorte de tension.

Les choses étaient différentes, à présent. Non seulement elle ne semblait pas le moins du monde touchée ni ravie de sa présence, mais elle le considérait comme si elle lui en voulait. Aucune femme ne l'avait jamais regardé aussi froidement. C'était une expérience assez déplaisante.

— J'étais dans le coin, répondit-il en haussant les épaules.

— Crete Asgard parcourant la campagne anglaise en solitaire ! s'exclama-t-elle d'un ton railleur. Ça m'étonnerait.

Une fois de plus, il fronça les sourcils.

Pour un peu, il aurait pu croire qu'elle se moquait de lui !

— Tu m'as assez répété que la campagne n'avait aucun intérêt pour toi. Alors, dis-moi : comment pourrais-je croire qu'un homme qui possède une île privée s'intéresserait à de vieilles bâtisses géorgiennes ?

— Je suis là, pourtant, comme tu peux le voir.

Loin de réagir, Timoney se contenta de le fixer en silence.

Non pas parce qu'elle était tellement heureuse qu'il lui était impossible de parler, non, c'était autre chose, quelque chose d'inconnu et de désagréable. Et soudain, il comprit : elle le regardait comme si elle ne le désirait plus, ce qui était tout bonnement impossible.

— Je suppose que tu sais que je me marie demain matin, dit-elle enfin. Tu es venu me présenter tes félicitations ? Me faire un cadeau ?

Même le ton de sa voix était différent : froid, impassible. Le contraste avec la femme qu'il avait fréquentée naguère était saisissant.

Les mois qu'ils avaient passés ensemble avaient été torrides du début à la fin. Il avait pratiquement été incapable de garder ses distances, de l'instant où il l'avait aperçue dans cette boîte de nuit jusqu'au jour de leur rupture, et ce, même si ses liaisons ne duraient d'ordinaire pas plus de quelques semaines. Il était d'ailleurs convaincu qu'ils seraient encore ensemble si elle n'avait pas fait l'erreur de tomber amoureuse de lui. Timoney avait été une maîtresse délicieuse, sexy, irrésistible, mais elle n'avait jamais été froide ou sardonique.

La femme qui se tenait devant lui avait tout d'une étrangère, mais elle n'en restait pas moins séduisante. Et s'il avait apprécié sa façon de s'abandonner entre ses bras ou ses réactions dès qu'il la touchait ou croisait son regard, il n'en demeurait pas moins qu'il avait toujours aimé se battre pour obtenir ce qu'il voulait. Il la désirait toujours, et il était temps qu'elle se rappelle qui il était.

— Que t'arrive-t-il, ma jolie ? Tu sembles prête à me tenir tête, rétorqua-t-il. Je dois dire que ça te va plutôt bien.

— Peut-être que j'ai gagné en maturité, concéda-t-elle, à moins que ce ne soit la bague que je porte qui me donne du courage. Celle que m'a offerte un autre homme, ajouta-t-elle en penchant la tête. Quoi qu'il en soit, tu n'as rien à faire ici, Crete. Nous le savons tous les deux. Tu as été très clair à ce sujet.

Inutile de le nier, sa réaction l'avait impressionné quand il lui avait ordonné de quitter son appartement après lui avoir expliqué sa vision de l'amour. N'importe quelle femme affirmant aimer un homme aurait crié, l'aurait supplié ou aurait fait tout ce qui était en son pouvoir pour lui prouver que ses sentiments étaient sincères et qu'elle ne s'intéressait pas à sa fortune. Timoney, elle, s'était contentée de le regarder, des larmes roulant sur ses joues, ses lèvres tremblant comme si elle avait des difficultés à respirer.

Il avait encore du mal à l'admettre, mais cette image était régulièrement venue le hanter les semaines suivant leur rupture, le déconcentrant au beau milieu de son travail.

Et à présent, elle le contemplait comme s'il n'était qu'un étranger malgré tout ce qui s'était passé entre eux ?

Incapable de résister plus longtemps, il tendit la main pour lui caresser la joue, mais elle le repoussa violemment avant de se lever d'un bond.

— Tu n'as pas le droit de débarquer ici au beau milieu de la nuit et de me toucher de cette façon !

— Tu n'as pas envie que je te touche ? demanda-t-il en laissant retomber sa main. J'ai du mal à le croire, Timoney. Je suis même prêt à parier que tu mens.

— Tu aurais dû y penser avant de te débarrasser de moi !

— Je n'ai jamais cessé de te désirer, Timoney. Ce n'était pas ça le problème.

Il attendit qu'elle réagisse, en vain.

Elle aurait pu se mettre à hurler ou à l'insulter, lui donnant envie de relever le défi et de la séduire de nouveau, ou au contraire lui donnant l'impression de n'être une fois de plus qu'un étranger…

Mais elle n'en fit rien. Elle se contenta de le fixer, sa poitrine se soulevant rapidement au rythme de sa respiration saccadée.

Emmitouflée dans sa cape rouge, sa chevelure blonde étincelant sous la clarté de la lune, elle donnait l'impression de sortir tout droit d'un conte de fées. L'image qu'elle offrait aurait presque pu lui faire croire en la magie de Noël.

Presque.

Ce genre d'histoire ne l'avait jamais intéressé. L'amour et le bonheur éternel étaient des mensonges créés de toutes pièces pour les enfants qui grandissaient dans des foyers heureux. Ces concepts lui étaient étrangers. Il était trop avisé pour y croire.

— Qu'est-ce que tu fais ici, Crete ? demanda-t-elle une fois de plus…

Sa voix était toujours aussi régulière, presque monotone, alors que la femme qu'il avait connue aurait été incapable de lui résister. Elle n'avait d'ailleurs jamais cherché à lui cacher ce qu'elle ressentait.

— Tu m'as bien fait comprendre que tu n'en avais rien à faire de moi. Alors, pourquoi t'inquiètes-tu de savoir qui j'épouse ?

— Tu ne peux pas épouser cet homme, déclara-t-il, ignorant sa question. C'est ridicule. Il est bien trop vieux pour toi.

— Il me fera profiter de sa sagesse, rétorqua-t-elle avec un sourire dénué d'humour. J'ai vraiment de la chance de l'avoir trouvé.

— Il ne pourra jamais te satisfaire, Timoney. Moi-même, j'ai parfois eu du mal à te suivre.

Ses joues se colorèrent délicatement, mais ce fut sa seule réaction.

— C'est ce que nous verrons. Notre liaison ne m'a pas donné… satisfaction.

Crete éclata de rire.

— C'est un mensonge, Timoney. Nous le savons tous les deux !

— Je ne nie pas qu'il y avait une alchimie entre nous, mais je suis loin d'être satisfaite de la façon dont les choses se sont terminées.

Croisant les bras, elle lui lança un regard noir qui manqua le déstabiliser pour de bon.

Mais que diable lui arrivait-il ?

— Julian, lui, ne me quittera jamais, et il ne se débarrassera pas de moi si mes propos lui déplaisent. Je suis certaine qu'il tiendra parole et qu'il honorera la promesse qu'il va me faire demain, continua-t-elle d'un air déterminé. Et quand on regarde la situation sous cet angle, il faut se rendre à l'évidence : ce mariage est une excellente chose.

— Tu n'es pas sérieuse ! s'exclama-t-il en se rapprochant.

C'était plus fort que lui, il avait besoin de la toucher. Lui qui s'était toujours targué d'avoir le contrôle parfait de lui-même, il était incapable de résister. Il y avait chez elle quelque chose d'indéfinissable qui le dépassait.

Se concentrant sur la seule émotion qu'il connaisse vraiment – le désir –, il la prit par les épaules, et son parfum délicat l'enveloppa, le ramenant aux nuits torrides qu'ils avaient partagées.

— Contrairement à certains, reprit-elle en relevant le menton, je suis très sérieuse quand je m'engage dans une relation. Je n'ai pas l'intention de prendre ce mariage à la légère. Alors, pour répondre à ta question : je suis on ne peut plus sérieuse.

— Tu penses vraiment que j'ai pris notre relation à la légère ? demanda-t-il, déconcerté.

Elle fronça les sourcils et lui prit les poignets pour se dégager, en vain.

Dans cette position, il lui était impossible d'ignorer l'effet qu'elle avait encore sur lui. Elle devait savoir combien il la désirait encore, combien son corps réagissait à la moindre de ses caresses, combien leurs corps étaient faits l'un pour l'autre.

— Tu ne t'intéresses qu'à l'argent, lança-t-elle.

Elle cherchait sans doute à le blesser, mais il se contenta d'éclater de rire en l'attirant à lui, son parfum floral se faisant plus enivrant, le feu lui brûlant les reins plus vivement à mesure que le désir lui embrasait les sens.

— C'est vrai, j'aime l'argent, avoua-t-il avec un sourire. C'est un défaut courant chez ceux qui en ont manqué. Nous ne pouvons pas tous grandir dans un cadre pareil, poursuivit-il avec un signe de tête en direction de l'immense bâtisse surplombant le jardin.

Si tant est qu'on puisse vraiment appeler ça un jardin. Il lui avait fallu près de dix minutes de voiture pour parcourir l'allée soigneusement entretenue qui le séparait de l'entrée.

— Tes propos seraient sans doute plus pertinents si tu n'étais pas un homme aussi riche, déclara-t-elle, les yeux brûlant de colère contenue.

Loin de lui déplaire, sa réaction lui donna envie de l'embrasser. Comment faisait-elle pour avoir un tel effet sur lui ? Il ne désirait rien tant que de se perdre en elle…

— Il doit me rester en tout et pour tout soixante-dix livres à mon nom, continua-t-elle, inconsciente de son trouble. Alors, dis-moi, Crete Asgard, lequel de nous deux est le plus privilégié ?

— Soixante-dix livres, un riche fiancé et une véritable fortune à la banque, la corrigea-t-il en secouant la tête. Tu n'es pas la mieux placée pour me faire la leçon.

— Ça suffit, je n'ai pas l'intention de discuter de ce genre de choses avec toi, d'autant que tu ne m'as toujours pas dit ce que tu faisais ici ! Tu es venu pour me mettre en colère ?

— Non, ce n'est qu'une heureuse coïncidence.

— Je pensais que tu serais heureux pour moi, commenta-t-elle avec amertume. Tu n'auras plus à t'inquiéter que je m'accroche à toi si j'en épouse un autre.

Il resta silencieux.

Il fallait bien le reconnaître, elle n'avait pas tout à fait tort.

D'ordinaire, il se réjouissait de savoir que ses anciennes maîtresses étaient passées à autre chose. Ainsi, il n'avait pas à craindre qu'elles cherchent à revenir dans sa vie ou à le séduire de nouveau. Ça rendait les choses plus faciles.

Mais cette fois, la situation n'était pas comparable. Il s'agissait de Timoney. Après tout, il avait pris la peine de traverser la campagne anglaise pour la voir…

— Je vois, soupira-t-elle comme il restait silencieux. Tu es vraiment venu juste pour m'ennuyer.

— On dirait que je fais ça sans même le vouloir…

— J'ai une excellente nouvelle à t'annoncer, Crete, affirma-t-elle sans relever sa remarque. Quand j'étais ta maîtresse, j'avais l'impression que c'était mon rôle de te rendre heureux. Et nous savons tous les deux que j'ai échoué. J'ai tellement échoué que tu m'as ordonné de quitter immédiatement ton appartement, et ton service de sécurité s'est assuré que je m'exécute.

— Ce n'est pas tout à fait exact…

Mais c'était néanmoins assez proche de ce qui s'était passé pour qu'il se sente mal à l'aise.

— Je ne sais pas ce que tu veux, reprit-elle, mais quoi que ce soit, nous savons que je ne pourrai jamais te donner ce dont tu as besoin.

Elle ne semblait pas chercher à s'excuser ni à regretter que ce soit le cas. Elle se contentait d'énoncer les faits.

— Il vaut mieux que tu partes, conclut-elle en baissant la tête.

C'était un ordre, et elle s'attendait visiblement qu'il obéisse, mais il ne pouvait s'y résoudre.

Timoney l'avait véritablement ensorcelé. Il l'avait d'ailleurs installée dans son appartement une semaine à peine après leur première rencontre, car il ne pouvait déjà plus se passer d'elle. Il la désirait avec une force qui l'avait déstabilisé. Une part de lui avait été soulagée qu'elle se décide à franchir la ligne rouge en prononçant les mots interdits, car il ne s'était toujours pas lassé d'elle malgré les mois passés ensemble.

Pour autant, à présent qu'elle était devant lui, ses grands

yeux bleus étincelant dans la nuit tels des joyaux, il mesurait combien il s'était fourvoyé en pensant qu'il pouvait l'exclure de sa vie.

— Tu ne peux pas épouser cet homme, grommela-t-il.

— Pourquoi pas ? Julian est un homme bien. J'aurais pu tomber plus mal…

— Arrête tes bêtises. C'est un crétin qui collectionne les épouses…

— Comme toi, tu collectionnes les maîtresses ? le coupa-t-elle en haussant les sourcils.

Irrité, il serra les dents.

— Nous n'avons rien en commun.

— C'est exactement pour ça que j'ai accepté de l'épouser, déclara-t-elle, perfide. Je comprends ce qu'il attend de moi, Crete. Il n'a jamais cherché à me tromper.

— Il ne veut que ton corps, pas ton âme et ton existence tout entière, dit-il en secouant la tête.

Timoney émit un rire sans joie, ce qui lui déplut.

Elle avait toujours eu un rire joyeux, si éclatant qu'il pouvait illuminer une pièce. Elle semblait avoir perdu cette étincelle en même temps que son innocence… Et c'était lui le responsable. Peut-être était-il vraiment le monstre que sa belle-mère l'avait accusé d'être ? Ces indices tendaient à le prouver, en tout cas…

— C'est plutôt amusant, quand on y pense, dit-elle en reprenant son sérieux. Julian veut la même chose que toi, mais regarde ce qu'il est prêt à m'offrir en échange : son nom, et même des enfants si je le souhaite. Il est vrai qu'il est intéressé par mon corps avant tout, concéda-t-elle, mais à la différence de toi, il est prêt à faire certains sacrifices pour obtenir ce qu'il veut. Et je suis certaine qu'il ne se débarrassera pas de moi comme il s'est débarrassé de ses ex-épouses. Cette fois, un divorce serait trop coûteux, expliqua-t-elle comme Crete haussait les sourcils. Mon oncle a tout arrangé.

Il serra les poings.

La comparaison avec Julian Browning-Case était déjà insultante en elle-même, mais à présent Timoney osait affirmer qu'elle avait gagné au change !

C'était insupportable.

— Tu ne *peux pas* l'épouser, répéta-t-il, s'efforçant d'ignorer les battements impétueux de son cœur.

Il lui suffisait d'imaginer Timoney s'abandonnant aux caresses du vieil homme pour devenir fou. Il ne pouvait s'empêcher de se la représenter allongée sous lui, entièrement nue, son corps parfait tremblant de dégoût tandis qu'il la possédait.

Il ne pouvait pas laisser faire une chose pareille ! Timoney lui appartenait. Elle lui appartenait depuis ce fameux soir, et il n'était pas prêt à partager.

— Pourquoi pas ? s'enquit-elle en appliquant les mains sur son torse pour le repousser. Donne-moi une seule bonne raison de refuser.

Il savoura la chaleur de ses paumes. Il avait tant rêvé de sentir ses mains sur lui à nouveau…

Cette réaction aurait sans doute dû le surprendre ou au moins l'inquiéter, mais il était déjà trop tard pour cela. Il avait toujours fonctionné ainsi : tenter d'ignorer la vérité ou de s'y soustraire était inutile. Mieux valait l'accepter et avancer.

S'il était là, c'était d'ailleurs uniquement pour qu'elle cesse de se voiler la face et se rende enfin à l'évidence.

— Je vais t'en donner une, annonça-t-il. Tu m'appartiens, ma belle. Tu m'appartiens depuis notre première rencontre.

Et pour le lui prouver, il prit ses lèvres.

3.

Timoney n'arrivait plus à réfléchir.

C'était impossible, ça n'aurait jamais dû arriver ! Crete l'avait chassée de son appartement, rayée de sa vie sans la moindre hésitation ni remords. Ils n'étaient pas censés se revoir !

Et pourtant, il était là avec elle dans le jardin de son enfance, et il l'embrassait.

Il l'embrassait comme s'ils ne s'étaient jamais quittés, comme si c'était une évidence, et elle n'arrivait pas à le repousser. Pire, elle lui rendait son baiser comme s'il ne lui avait jamais brisé le cœur, l'incendie qu'il allumait en elle balayant tout sur son passage, y compris son désespoir et son indignation. Il n'y avait plus que lui, la chaleur de son corps viril pressé contre le sien, et le désir intense, brûlant, menaçant de lui faire perdre la tête.

Ce n'était pas un conte de fées, et Crete n'avait rien du prince charmant. Ce n'était qu'un baiser, non une promesse. Elle en avait parfaitement conscience. Il lui avait appris combien lui faire confiance était une erreur.

Elle avait souffert plus qu'elle n'aurait pu l'imaginer quand il l'avait rejetée, et pourtant elle ne pouvait se résoudre à le repousser. Comment l'aurait-elle pu, alors qu'elle ne s'était pas sentie aussi vivante depuis des semaines ?

Se laissant emporter par la passion, elle se serra contre lui, savourant la fermeté de son torse musclé, ce torse qu'elle avait exploré et caressé tant de fois et dont elle se rappelait le moindre détail.

Tout se passait exactement comme lors de leur première rencontre. Ce soir-là aussi, le désir l'avait submergée, la laissant pantelante et frémissante.

Seulement, ce n'était pas leur premier baiser, mais le dernier.

Aussi s'autorisa-t-elle à en profiter pleinement et à savourer la façon dont la langue de Crete effleurait la sienne, la goûtant, la titillant jusqu'à l'emporter dans la danse sensuelle qu'elle avait découverte grâce à lui.

Elle en reconnaissait chaque temps : la chaleur de sa bouche, ses soupirs presque semblables à des grognements alors qu'il approfondissait sa caresse… Tout était exactement comme dans son souvenir, et, comme à cette époque, elle était prête à se consumer pour lui.

Elle était exactement à sa place là, entre ses bras, comme si le destin avait voulu qu'il vienne la retrouver dans ce jardin engourdi par le froid. Elle n'était pas morte, non, elle était bien vivante, même si elle s'était efforcée de ne plus rien ressentir.

Crete était apparu tel un rêve pour lui rappeler que rien n'avait changé. Il avait toujours le pouvoir de lui faire perdre le contrôle de ses émotions. Elle qui s'était résignée à l'oublier, elle se retrouvait plongée dans ses souvenirs. C'était merveilleux, dangereux…

Et tellement injuste.

La réalité reprit brutalement ses droits, et elle le repoussa.

Les choses avaient changé. Elle était sur le point de se marier. Elle ne devait pas l'oublier.

S'écartant, elle mit de la distance entre eux. C'était préférable… et plus prudent. Il valait mieux ne pas tenter le diable.

— On ne peut pas faire ça, déclara-t-elle d'une voix

étonnamment calme, alors qu'elle ne rêvait que de se rouler en boule pour éclater en sanglots. Je vais épouser Julian.

Crete serra les dents.

— L'un n'empêche pas l'autre.

— Je te reconnais bien là, rétorqua-t-elle sans chercher à cacher son dégoût. Tu crois que tu réagiras de la même façon le jour où tu trouveras ta future épouse dans les bras d'un autre homme quelques heures avant votre mariage ?

— Tu sais aussi bien que moi que ta situation est différente, déclara-t-il en plongeant son regard dans le sien comme pour mieux la retenir captive. Tu n'as pas choisi de l'épouser. Je me trompe ?

— Bien sûr que je l'ai choisi !

Elle aurait dû s'arrêter là, mais elle en fut incapable.

— Bon, je ne l'aurais sans doute pas fait en temps normal, et ma décision ne me rend pas forcément heureuse, mais ça reste mon choix. Et j'ai choisi Julian.

Peut-être que, en le répétant plusieurs fois, elle finirait par y croire et considérer ce mariage comme une véritable opportunité et non comme une punition.

— Vraiment ? De tous les hommes disponibles, c'est lui que tu as choisi ? s'enquit-il en haussant les sourcils, d'un air arrogant qui lui donna envie de le gifler.

Elle avait toujours détesté la violence, mais il semblait tellement sûr de lui, tellement méprisant…

— N'a-t-il pas plutôt été soigneusement sélectionné pour toi et présenté comme le seul choix possible parce que ton oncle a besoin de lui ?

Elle serra les lèvres.

Comment avait-il deviné ? C'était tellement humiliant…

— Je suis surprise que tu en saches autant sur Julian, rétorqua-t-elle malgré sa gêne. Ou sur mon oncle. Je sais combien tu détestes les hommes comme eux, alors pourquoi t'es-tu donné autant de mal ?

— Je sais qui ils sont, Timoney, mais ça ne veut pas dire que je m'intéresse à eux. Il y a une différence, conclut-il avec dureté.

Elle pointa le menton.

— Une différence que seul un narcissique éhonté peut faire !

Il haussa les épaules, comme pour lui prouver que son commentaire ne le touchait pas le moins du monde.

— Un narcissique a tendance à s'approprier un maximum de pouvoir et à profiter du travail d'autrui. Ce n'est pas mon cas, dit-il en se redressant légèrement. Je me suis construit seul. Et il ne faut pas être un génie ni un grand détective pour comprendre que ton oncle est un homme très ambitieux. Il suffit de consulter la rubrique économique pour s'en rendre compte.

Elle avait du mal à le croire. Après toutes ces semaines à tenter d'oublier Crete et à se convaincre qu'elle ne ressentait plus rien pour lui, il se tenait là, devant elle, à lui parler de son oncle et de Julian !

En se représentant leurs retrouvailles, elle s'était imaginé Crete lui jurant un amour éternel et la suppliant de lui donner une autre chance, ou avouant qu'il ne pouvait pas vivre sans elle et était prêt à faire n'importe quoi pour la reconquérir.

Las ! il n'avait rien dit de tel, et il était évident qu'il n'en avait pas l'intention. Il suffisait de le regarder pour s'en convaincre. Il était bien trop arrogant pour s'abaisser à cela. Elle aurait dû s'en douter.

Soudain furieuse, elle demanda :

— Est-ce important ?

Comme il restait silencieux, elle secoua la tête.

Ce baiser ne signifiait rien pour lui, c'était évident. Il n'était pas là pour la reconquérir. Il avait sans doute l'intention de se débarrasser d'elle après avoir obtenu ce qu'il voulait. Elle ne pouvait pas se permettre de l'oublier.

— Il est trop tard. J'ai fait mon choix.

— Défais-le, la pressa-t-il.

Elle sentit son cœur se serrer douloureusement puis se mettre à battre la chamade. Et soudain, ce fut comme s'il se brisait de nouveau lorsque Crete prit son visage dans ses mains.

S'ils avaient été dans une comédie romantique, une magnifique musique se serait élevée, et Crete lui aurait avoué son amour avant de lui demander sa main. Elle aurait eu sa fin heureuse tandis que le générique aurait défilé.

Mais ce n'était pas un film. C'était la réalité, et une réalité bien différente. Elle n'était plus aussi stupide ni aussi naïve qu'autrefois. Cette fois, elle n'allait pas se laisser avoir.

Alors pourquoi fallait-il qu'elle craque ? Elle avait réussi à se retenir jusqu'à présent, mais ses émotions menaçaient de la submerger et de la faire fondre en larmes.

— Les invités sont déjà là, fit-elle remarquer d'une voix tremblante. Les documents sont déjà signés.

— Nous ne sommes pas au Moyen Âge ! s'emporta Crete. Tu as parfaitement le droit de changer d'avis. Ne l'épouse pas, Timoney, ajouta-t-il en lui caressant les joues.

Aussitôt, une douce chaleur se répandit en elle, se transformant rapidement en lave incandescente.

À l'époque, elle avait commis l'erreur d'interpréter sa réaction comme la preuve irréfutable qu'un lien profond les unissait malgré tout ce que Crete pouvait en dire. Même alors qu'il se disait incapable d'aimer qui que ce soit, elle s'était convaincue qu'elle pouvait le faire changer d'avis. Que, à ses côtés, il finirait par s'ouvrir à elle et admettre que, avec le temps, lui aussi pouvait apprendre ce qu'était l'amour.

— Rentre avec moi à Londres, Timoney. Nous savons

tous les deux que cette situation ne te convient pas. Tu vaux mieux que ça et tu veux plus que ça.

La mélodie d'un piano s'éleva au loin, douce et magnifique dans la nuit noire, mais elle ne parvenait pas à en apprécier la beauté.

Ces dernières semaines, elle s'était efforcée de prendre ses distances avec la réalité afin de ne rien ressentir. C'était la seule solution, le seul recours pour survivre.

À présent, elle avait l'impression d'avoir sauté dans un bain d'eau glacée. Sa peau – son corps entier même – la brûlait, la démangeait, elle était en proie à une morsure qui menaçait de la rendre folle. Une douleur plus vive aurait été préférable, elle l'aurait assommée au lieu de la torturer ainsi.

Elle ressentait chaque picotement, chaque frisson, chaque bouffée de chaleur là où les yeux de Crete s'étaient posés sur son corps, chaque empreinte laissée par ses mains et chaque regret de s'être fait berner. C'était tout bonnement intolérable.

— Voyons, tu ne veux pas de moi, soupira-t-elle.

Il ne fallait surtout pas qu'elle l'oublie, même s'il aurait été plus facile de croire le contraire et si elle en mourait d'envie. Elle ne pouvait plus se mentir, surtout pas la veille de son mariage. Non, mieux valait affronter la réalité en face pour tourner enfin la page. Crete ne la comprenait pas, il ne la comprendrait jamais quoi qu'il en pense ou qu'il en dise.

— Je t'appartenais, Crete, mais tu m'as laissée tomber.

— Timoney…

— As-tu changé d'avis ? le coupa-t-elle.

Il allait sans douter trouver une excuse quelconque pour justifier son comportement, une excuse qu'elle n'avait aucune envie d'écouter, si tant est qu'il soit sur le point de s'excuser.

C'était difficile à dire, car ce n'était tellement pas son genre…

Le pire dans tout cela, c'était que même si elle savait qu'il ne l'avait jamais aimée elle rêvait toujours que ce soit le cas.

C'était plus fort qu'elle. Elle ne pouvait tout simplement pas s'empêcher de rêver qu'il se mette à genoux et qu'il sorte une bague de sa poche en lui jurant un amour éternel.

Elle avait pourtant passé ces deux derniers mois à se convaincre qu'elle n'avait pas besoin de lui et qu'elle ne retomberait jamais dans ses bras, même s'il se décidait à lui faire ce genre de déclaration. Las ! ce n'était qu'un mensonge. Elle en avait toujours rêvé et en rêvait encore, car Crete était le seul homme qu'elle ait aimé.

Et le seul qu'elle aimerait jamais, lui souffla une petite voix, la faisant chanceler.

Comme si elle avait besoin de ce rappel ! Elle en avait parfaitement conscience. C'était d'ailleurs pour cela qu'elle souffrait autant.

— Serais-tu venu me dire que tu m'aimes ? lança-t-elle d'un ton provocant.

Loin de s'émouvoir de sa question, Crete l'observa en silence, et elle en profita pour en faire autant.

Il possédait une beauté sauvage, qui semblait défier quiconque de détourner les yeux. Et pourtant, il était tellement séduisant que ça en devenait presque douloureux de le contempler. Mais même maintenant, après tout ce qui s'était passé, elle ne désirait rien tant que s'abstraire de la réalité quelques instants pour apprécier la perfection de ses traits. Une preuve de plus qu'elle lui appartenait corps et âme, qu'elle le veuille ou non. Il avait apposé une marque indélébile sur elle, et il était trop tard pour revenir en arrière.

— Reviens, dit-il doucement. Je n'ai pas besoin de te

rappeler à quel point nous étions bien ensemble. Tu le sais aussi bien que moi. Je ne prétends pas comprendre pourquoi tu es prête à t'enfermer dans un mariage avec un homme qui ne pourra jamais te donner ce dont tu as besoin ni ce que tu veux, continua-t-il en plongeant son regard dans le sien. Reviens et oublions tout ça.

Elle vacilla.

Elle désirait tant accepter qu'elle avait du mal à respirer. Tout son être lui hurlait de combler la distance les séparant pour se jeter dans ses bras. Alors, enfin, elle pourrait respirer de nouveau et…

Se mordillant la lèvre, elle s'efforça de se calmer.

Elle ne pouvait pas faire une chose pareille, car Crete venait de répondre à sa question.

— J'en conclus que tu n'es pas venu pour ça, déclara-t-elle d'une voix ferme malgré sa douleur. Rien n'a changé, car tu es incapable de changer, n'est-ce pas ?

Si seulement elle avait pu le haïr ! La haine valait mieux que cette douleur intense qui lui serrait le cœur. Elle aurait pu lui permettre de prendre du recul, de relativiser et de se détacher de cette souffrance pour vouer Crete aux gémonies et passer enfin à autre chose.

En réapparaissant ainsi devant elle, il avait réveillé des souvenirs engourdis qu'elle aurait préféré oublier. Les choses auraient été plus faciles si elle ne l'avait pas revu.

Comment osait-il se présenter ainsi devant elle ? De quel droit revenait-il la torturer ?

— Nous n'avons pas besoin de changer quoi que ce soit, affirma-t-il, inconscient de la tempête qui déferlait en elle.

Comment pouvait-il être aussi ignorant et lui faire une telle offre après ce qu'il lui avait fait subir ?

— Nous pouvons reprendre là où nous nous sommes arrêtés, ajouta-t-il avec un sourire qu'il imaginait sans doute des plus convaincant.

— C'est impossible, rétorqua-t-elle en secouant la tête. Je t'aime, Crete, et tu m'as rejetée quand je t'ai avoué mes sentiments. Tu n'as pas hésité une seconde à me quitter. Pourquoi devrais-je revivre ça ?

Son expression s'assombrit, et elle eut soudain l'impression de se retrouver devant l'homme d'affaires impitoyable décrit par la presse.

— Ne vaut-il pas mieux être avec un homme que tu aimes qu'avec un vieux débris que tu n'aimeras jamais ?

Sa voix était douce, presque suave, comme s'il cherchait à l'amadouer ou à réprimander une enfant. S'imaginait-il pouvoir la traiter comme l'une de ses employées ou comme l'un de ses laquais obéissant au moindre de ses ordres ?

Elle avait envie de hurler, mais elle se l'interdit. En s'emportant, elle risquait de lui montrer combien elle était fragile, et il ne fallait surtout pas qu'il le découvre.

— Au contraire, répondit-elle froidement. Je préfère une relation dans laquelle je sais exactement à quoi je m'engage et ce que l'on attend de moi. Ça vaut bien mieux que de me retrouver avec un homme qui pourrait m'aimer, mais qui refuse de l'accepter. Si je n'ai pas le droit de trouver l'amour, je préfère le savoir dès le début, poursuivit-elle, toujours aussi calme. Ainsi, je saurai à quoi m'en tenir. La solitude ne m'effraie pas.

Et au moins, elle n'aurait pas le cœur brisé de nouveau…

Crete s'esclaffa, et elle eut soudain envie de le tuer.

— Je n'ai jamais entendu quelque chose d'aussi ridicule, dit-il en secouant la tête. La solitude ne t'effraie pas ? Alors, pourquoi ne pas entrer dans les ordres ou te laisser jeter en prison ?

Elle se mordit la lèvre.

Ce mariage était une sorte de prison, et une part d'elle-même était impatiente d'y entrer. La cage dorée offerte par Julian était préférable à l'incendie que Crete éveillait en elle à chaque regard.

— Je ne suis sans doute pas la première de tes ex-maîtresses à passer à autre chose, déclara-t-elle en fronçant les sourcils. Je ne vois pas pourquoi tu es aussi surpris.

— C'est vrai, concéda-t-il en haussant les épaules, mais elles ne m'aimaient pas. Certaines ont affirmé le contraire, mais elles mentaient. Toi, je te crois, Timoney.

— Tu es tellement arrogant !

C'était peu dire. Depuis le début de la conversation, il agissait comme s'il lui avait fait un cadeau en débarquant ainsi, comme si elle aurait dû lui être reconnaissante de sa présence.

Retenant un soupir, elle fit un pas en arrière.

C'était plus prudent car, malgré sa colère, elle était toujours tentée de tout envoyer promener pour se jeter dans ses bras et promettre n'importe quoi pour qu'il accepte de la reprendre.

Peu importait qu'il ne l'aime pas. Peu importait également qu'ils n'aient aucun avenir ensemble ou que Crete ne puisse pas lui offrir ce dont elle avait besoin. Ce qu'ils partageaient était assez extraordinaire pour lui faire oublier tout le reste…

C'était bien là le problème : en le voyant ainsi, il avait tout du prince charmant venu délivrer sa princesse. Mais ce n'était qu'une illusion, elle le savait mieux que personne. Crete Asgard était incapable de la rendre heureuse. Il ne pouvait lui offrir que quelques instants de plaisir avant de lui briser le cœur sans le moindre remords.

Elle ne pouvait pas se permettre de commettre de nouveau une telle erreur. C'était trop douloureux.

— Si tu es venu pour me dire que tu désapprouves ma décision d'épouser Julian, tu perds ton temps.

— Dans ce cas, faisons en sorte que je n'aie pas perdu

mon temps, proposa-t-il, d'une voix tellement sensuelle qu'un frisson de désir la saisit aussitôt.

C'était là son véritable pouvoir : celui de la rendre folle d'un simple regard ou d'une simple phrase. C'était incroyable, vraiment, cet effet qu'il avait sur elle…

Et sur tant d'autres.

S'il avait bâti sa fortune à force de travail, son charisme et son charme l'avaient bien aidé. C'était grâce à eux qu'il obtenait toujours ce qu'il voulait. Elle n'avait d'ailleurs jamais été capable de lui refuser quoi que ce soit.

Mais la situation avait changé. Elle n'était plus la jeune femme naïve qu'il avait rencontrée dans une boîte de nuit, prête à suivre un inconnu au bout du monde. Non, elle était celle qui avait survécu après avoir eu le cœur brisé.

— Tu n'as rien à m'offrir, Crete. C'est la veille de Noël, la nuit des miracles, mais tu n'es pas capable d'en réaliser un, continua-t-elle avec un sourire désabusé. Tu as un jour décidé que tu étais incapable de ressentir la moindre émotion humaine, et tu n'as aucune intention de revenir en arrière. Je suis parfaitement consciente que je n'arriverai jamais à te changer, conclut-elle en soupirant.

— Je n'arrive pas à croire que tu souhaites réellement épouser cet homme, Timoney, déclara-t-il comme si elle n'avait rien dit. As-tu oublié comment tu t'es abandonnée entre mes bras ? Comment tu as crié mon nom ? Comment tu m'as dit que tu avais l'impression de mourir quand je rentrais tard ?

Elle sentit son souffle se bloquer dans sa poitrine, et elle chancela.

Ce n'était pas juste. Il n'avait pas le droit de le lui rappeler. À ce moment-là, oui, elle avait besoin de lui. Elle n'arrivait tout simplement pas à se passer de lui. Il était son oxygène, son univers.

— Tu cherches vraiment à me faire croire que tu es

prête à te lier à un homme qui se servira de ton corps pour son propre plaisir ? continua-t-il, la torturant de plus belle. C'est vraiment ce que tu veux ? Arriveras-tu à partager son lit ? À le laisser te toucher et…

— Julian est peut-être un excellent amant, le coupa-t-elle sèchement. Tu n'en sais rien.

À ces mots, le visage de Crete changea. Il n'était plus l'homme arrogant qui avait fait irruption dans le jardin pour lui faire la morale et la convaincre de revenir. Non, il semblait soudain plus viril et plus dangereux, comme s'il peinait à se maîtriser, comme si elle avait réussi à le déstabiliser.

À le voir ainsi, elle ignora son cœur qui battait la chamade et se raidit, prête à affronter la tempête qui s'annonçait.

Mais rien ne vint. Crete se contenta de plisser les yeux.

— Combien d'amants as-tu eus depuis notre rupture ? s'enquit-il d'une voix dangereusement douce.

Elle tressaillit.

Elle ne craignait pourtant rien. Enfin, elle savait que Crete n'allait pas s'en prendre à elle physiquement.

Les choses auraient sans doute été plus faciles s'il l'avait fait. Chasser une brute était plus simple que de l'affronter quand il s'apprêtait à lui faire comprendre son mécontentement d'une façon bien plus cruelle. Elle n'était d'ailleurs pas certaine de pouvoir y survivre une seconde fois – si survivre était le terme correct. Avait-elle vraiment survécu à leur dernière conversation, ou s'était-elle contentée d'enfermer ces souvenirs douloureux au fond de sa mémoire ?

Comme Crete la fixait toujours, elle se retint pour ne pas poser une main sur sa poitrine, là où son cœur battait si fort que ça en devenait effrayant.

Elle n'avait jamais été une bonne menteuse, mais lui avouer la vérité n'était certainement pas une bonne idée quand il la regardait ainsi, avec ces yeux assombris par le désir et la colère et cette bouche sensuelle qu'elle rêvait de sentir sur son corps et…

Elle secoua la tête pour se calmer.

Elle ne pouvait pas se permettre de se laisser distraire. Elle devait impérativement mettre de la distance entre eux. Crete était dangereux, trop dangereux pour le laisser l'approcher ou la toucher. Le baiser qu'ils venaient d'échanger avait déjà manqué lui faire perdre la tête. Il fallait que cela cesse avant qu'il soit trop tard.

Julian Browning-Case n'avait rien d'un prince charmant ni d'un preux chevalier, mais il représentait son salut. En l'épousant, elle serait enfin libérée de l'emprise de Crete. Celui-ci ne pourrait plus l'atteindre.

— Ça ne te regarde pas, répondit-elle en levant le menton en un geste de défi.

Crete se contenta de sourire et de combler la distance qui les séparait.

— Je n'en crois rien.

— Je me moque de ce que tu crois ou non, Crete. Les faits sont là, je ne suis pas obligée de te répondre.

— Tu veux que je te dise ce en quoi je crois ? s'enquit-il, une étincelle s'allumant dans ses yeux. Je crois en ceci.

De nouveau, il prit ses lèvres, et l'incendie reprit de plus belle.

Elle n'arrivait plus à réfléchir. Il n'y avait plus que son parfum viril l'enveloppant et l'enivrant comme la chaleur de son corps la pénétrait, trouvant écho dans le brasier brûlant dans son ventre.

La plaquant plus étroitement contre lui, il approfondit son baiser, et elle ne put retenir un gémissement.

Enfin ! Elle avait tant rêvé qu'il l'embrasse encore et qu'il la touche ainsi !

Un souffle glacial la fit soudain frissonner, la ramenant brutalement à la réalité.

Repoussant Crete, elle rajusta sa robe et s'emmitoufla dans sa cape, retenant une grimace lorsque le tissu frotta contre ses mamelons durcis par le désir.

Comment faisait-il pour avoir un tel effet sur elle ? C'était à n'y rien comprendre. Crete Asgard lui avait brisé le cœur, il l'avait fait souffrir comme aucun homme avant lui, mais malgré tout ce qui s'était passé, elle le désirait toujours avec une force qui l'effrayait.

Et le pire, c'était qu'elle avait parfaitement conscience qu'elle ne se refuserait jamais à lui. Au contraire, elle était prête à répondre à ses attentes et à lui faire l'amour jusqu'à lui faire perdre la tête. Il en avait toujours été ainsi entre eux, et lorsque leur liaison avait pris fin de cette façon aussi brutale qu'inattendue, elle avait failli en mourir de chagrin.

Elle n'était plus la femme qu'elle était avant leur rencontre. Elle avait changé. Elle avait gagné en expérience. Bien sûr, elle était vierge quand ils s'étaient connus, mais il y avait plus que cela. Quand il avait rompu, elle avait perdu une part d'elle-même qu'elle ne retrouverait probablement jamais, car il était sûrement impossible de tomber deux fois amoureuse de cette façon. Comme il était sans doute impossible d'avoir deux fois le cœur brisé de cette façon… sauf s'il s'agissait du même homme.

La femme qu'elle était aujourd'hui n'avait plus rien de commun avec la jeune fille naïve qu'elle était alors. Elle avait survécu au décès de ses parents et à Crete. Et il était hors de question de commettre deux fois la même erreur en retombant dans ses bras. Ils avaient tous les deux fait un choix – lui, de la quitter, et elle, d'épouser Julian. Le moment était venu de l'assumer.

Sa présence était peut-être un cadeau, en fin de compte.

En le revoyant une dernière fois, elle avait l'occasion de tirer un trait sur le passé et de tourner la page.

— Tu n'imagines pas combien de fois j'ai espéré que tu viendrais me rejoindre, déclara-t-elle d'une voix étranglée. Mais finalement, ça ne change rien. Je le sais, à présent.

— Tu changeras sans doute d'avis lorsque tu seras allongée sous un vieux débris prêt à rendre l'âme dès qu'il en aura fini avec toi, commenta-t-il sèchement.

Cette image faillit la faire frémir, mais elle se retint et parvint même à sourire, comme si cette perspective ne la gênait pas et qu'il lui tardait d'épouser Julian.

— Crete, commença-t-elle en s'efforçant d'adopter un ton compatissant, il est trop tard.

Le traiter avec pitié avait quelque chose d'étrangement satisfaisant. C'était plus facile de le plaindre que de regretter son sort ou ce qui s'était passé entre eux.

Il serra les dents, et son souffle se bloqua dans sa gorge. Elle crut qu'il allait s'emporter enfin, mais rien ne vint. Il était toujours aussi maître de lui.

— Ça ressemble à un défi, dit-il d'un air amusé.

Elle détourna les yeux.

La clarté de la lune qui nimbait le jardin donnait à celui-ci une allure féerique. Pour un peu, elle aurait pu se croire dans un conte de fées. Mais ce n'était pas le cas. Pas du tout.

— Ça n'en est pas un, répondit-elle en resserrant son vêtement autour d'elle dans l'espoir de se réconforter, en vain.

Comment l'aurait-elle pu, alors qu'il venait de lui rappeler que les flammes de la passion brûlaient toujours aussi fort entre eux ?

— Je dois reconnaître que je te suis reconnaissante,

admit-elle après quelques secondes. Ta présence m'a rappelé pourquoi j'avais pris la décision d'épouser Julian.

— Tu te maries demain matin, ce qui veut dire qu'il me reste une nuit pour te faire changer d'avis, déclara-t-il soudain.

À ces mots, elle sentit ses jambes manquer de se dérober, et elle dut faire un effort pour conserver son équilibre.

— Ce n'est… Ce n'est pas du tout ce que je voulais dire.

— Peut-être, concéda-t-il, ses yeux s'assombrissant dangereusement, mais je suis prêt à parier que j'ai mes chances. Qu'en dis-tu, ma belle ?

— Quel scénario as-tu donc imaginé ? s'écria-t-elle, excédée. Penses-tu vraiment qu'il te suffit de débarquer et de m'embrasser pour que j'oublie ce que tu m'as fait ? Je te rappelle que tu as demandé à ton service de sécurité de me mettre à la porte ! Je n'ai pas oublié, moi, continua-t-elle sèchement malgré son cœur qui battait la chamade.

Elle le désirait toujours autant, mais elle devait impérativement se concentrer sur la conversation. Elle ne pouvait pas se permettre de se laisser distraire.

— Et je ne l'oublierai jamais, Crete. Je te le promets.

— Peu importe, affirma-t-il en haussant les épaules.

Sa nonchalance l'irrita profondément.

Comment osait-il ? Ne comprenait-il pas combien elle avait souffert de leur rupture ? À ses yeux, elle n'était qu'une maîtresse parmi tant d'autres, alors qu'il avait été le seul homme qu'elle ait jamais aimé…

— Tout ce qui m'intéresse, c'est que tu me permettes de te rappeler tout le reste. Qu'en dis-tu ?

Oh ! mais pourquoi insistait-il autant ? Cela n'avait aucun sens. Il s'était débarrassé d'elle sans la moindre hésitation après lui avoir clairement fait comprendre qu'ils n'avaient aucun avenir ensemble. Alors, pourquoi avait-il fait le déplacement ?

Perplexe, elle l'étudia avec attention.

Il n'avait pas changé, il était toujours aussi beau et séduisant que quelques mois plus tôt.

La différence venait d'elle. Elle avait survécu à ce soir fatidique où elle avait eu l'impression de mourir. Elle y avait survécu. Crete l'attirait toujours autant, il avait toujours le pouvoir de lui faire perdre la tête d'un simple baiser, mais elle était plus forte. Elle n'était plus la femme qu'il avait connue… Et elle avait la ferme intention d'épouser Julian Browning-Case le lendemain, quoi que Crete fasse ou dise.

Il n'allait pas pouvoir continuer longtemps à s'opposer à ce mariage. À la lumière du jour, il finirait bien par comprendre qu'elle n'avait rien à lui offrir. Une fois de plus, il lui tournerait le dos pour retourner à sa boulimie de partenaires.

Alors, pourquoi ne pas en profiter ?

Contrairement à ce qui se serait passé quelques mois plus tôt, elle ne s'était pas abandonnée au désir incandescent qu'il éveillait en elle. Non, elle avait retrouvé ses esprits et l'avait repoussé pour poursuivre leur conversation.

C'était la première fois depuis qu'ils se connaissaient : elle avait été capable de lui résister plus de quelques minutes. À l'époque, il lui suffisait d'être en sa présence pour oublier toute prudence. Combien de fois s'étaient-ils jetés l'un sur l'autre dans le vestiaire d'une boîte de nuit, sur le siège arrière de sa voiture ou encore dans les toilettes d'un restaurant huppé ?

Crete était comme une drogue à laquelle elle ne pouvait résister. Elle avait besoin de lui autant qu'il avait besoin d'elle. Du moins, elle l'avait cru jusqu'à ce qu'il lui brise le cœur. Mais pour l'heure, il était là devant elle, la veille de son mariage, prêt à lui donner du plaisir exactement comme autrefois.

— Alors, tu ferais bien de me suivre, ordonna-t-elle en

tournant les talons, mais fais attention à ce que personne ne te voie.

Elle s'avança sur le sentier sans prendre la peine de vérifier s'il était encore là, une part d'elle-même craignant qu'il ait disparu ou changé d'avis si elle se retournait.

D'un pas pressé, elle se dirigea vers l'une des portes situées sur le côté du manoir et qui menait au jardin d'hiver.

Là, ils seraient tranquilles. Personne n'y venait jamais. Son oncle ayant emmené ses invités dans le salon de l'autre côté de la demeure, ils n'avaient aucun risque d'être dérangés ni que l'on remarque de la lumière.

Il aurait bien sûr été plus confortable d'emmener Crete dans sa chambre à coucher, mais elle n'était pas assez stupide pour prendre un tel risque. Elle était certes plus forte qu'autrefois, mais il valait mieux ne pas tenter le diable.

À l'intérieur de la pièce munie d'une vaste verrière, la clarté de la lune était encore suffisante, et l'atmosphère était tempérée.

Se frottant les bras pour se réchauffer, elle s'installa sur son divan favori, celui où elle avait passé de longs après-midi à lire ou à discuter avec ses parents.

Quant à Crete, il s'était mis à faire le tour la pièce, étudiant les étagères remplies de livres, inspectant les bibelots.

Elle eut soudain du mal à respirer.

Avec son physique de guerrier des temps anciens, il détonnait dans ce décor paisible. Il aurait eu davantage sa place sur un champ de bataille ou dans une salle de réunion, à négocier des contrats de plusieurs millions, que dans cette pièce ornée de plantes, de tapis et de sièges moelleux.

Il n'avait vraiment rien à faire là. C'était presque comme s'il envahissait une part de son intimité et de son enfance pour en prendre possession.

Pour autant, sa présence, si intrusive soit-elle, ne la

gênait pas le moins du monde. Au contraire. Elle était heureuse qu'il soit là.

Crete était un cadeau qu'elle avait décidé de s'offrir, un luxe dont elle comptait bien profiter.

Elle n'avait jamais imaginé le revoir et encore moins se retrouver seule avec lui. Et à présent que l'occasion se présentait à elle, elle refusait de la laisser passer. Le moment était venu de l'affronter et de lui poser enfin toutes les questions qu'elle n'avait pas osé poser alors, par peur de l'indisposer ou simplement parce qu'elle était trop distraite ou obsédée par lui.

Cette fois, elle était déterminée à obtenir des réponses.

Crete allait sans doute chercher à se défiler ou à gagner du temps, mais elle finirait par obtenir satisfaction. Et il comprendrait alors qu'elle n'avait plus rien en commun avec la femme qu'il avait connue. Il ne pourrait plus nier la vérité : il l'avait changée. Il avait fait d'elle la femme qu'elle était aujourd'hui, une constatation qui n'allait sans doute pas lui plaire !

Mais peu importe. Elle avait des questions à lui poser, de très nombreuses questions, dont celle-ci, qui n'avait eu de cesse de la torturer depuis le jour fatidique de leur rupture :

— Dis-moi, Crete, commença-t-elle en allumant la lampe, pourquoi es-tu ainsi ?

4.

À ces mots, Crete s'immobilisa.

Il n'avait pu s'empêcher de parcourir la pièce, passant la main sur les étagères de bois poli par le passage du temps, soulevant les bibelots pour les soupeser et caressant du regard les tapis fatigués mais de qualité jetés sur le parquet.

C'était là le décor typique d'une maison de la haute bourgeoisie. Il n'aurait pas été surpris d'apprendre que l'arrière-grand-père de Timoney avait rapporté ces tapis d'un voyage dans un pays lointain. Quant à la verrière de pur style géorgien qui laissait entrer la lueur de la lune, il pouvait imaginer devant elle l'arrière-grand-mère de Timoney prenant le thé tout en lisant un livre.

Pour autant, il ne ressentait rien du mépris qu'il associait d'ordinaire avec ce milieu.

Les livres qui s'entassaient un peu partout sur les étagères n'étaient pas des ouvrages rares aux couvertures raffinées valant une fortune, achetés par les propriétaires afin d'impressionner les invités. Non, des pages étaient cornées, et le dos de certains était abîmé comme s'ils avaient été lus de nombreuses fois.

L'atmosphère de cette pièce était unique. En fait… elle ressemblait à Timoney.

Un parfum floral léger flottait dans l'air, l'enveloppant de ses effluves délicats et lui donnant l'impression d'avoir pénétré l'intimité de Timoney, ce qu'il avait toujours évité.

Il avait toujours pris soin de garder ses maîtresses à distance, mais à voir tous ces livres fatigués, il pouvait se la représenter dévorant ces romans, confortablement installée dans un fauteuil, détendue et heureuse…

— Ce sont tes appartements ? ne put-il s'empêcher de demander.

— Ma mère s'occupait de ses plantes dans cette pièce, expliqua-t-elle avec un sourire nostalgique, comme si elle contemplait un passé lointain et heureux.

À ces mots, il se sentit mal à l'aise.

Ce genre de bonheur simple lui était étranger. Il n'avait pas eu l'occasion de l'expérimenter durant son enfance ni plus tard. Timoney avait bien tenté de lui parler de ses parents qu'elle aimait profondément, mais il l'en avait empêchée. En général, il lui suffisait de l'embrasser pour lui faire perdre le fil de ses pensées. Il aurait d'ailleurs aimé en faire autant ce soir, mais il se retint.

Pour cette fois et uniquement pour cette fois, il était prêt à faire des concessions. Si Timoney avait besoin de parler de sa mère, qu'il en soit ainsi. Il pouvait faire cet effort.

Celle-ci continuait rêveusement, dans un murmure.

— Elle n'avait pas vraiment la main verte, mais elle aimait manipuler la terre. Elle plantait des fleurs pendant que je lisais dans un coin…

Il sentit sa gorge se nouer.

Timoney semblait tellement fragile, tellement vulnérable. Lui arrivait-il souvent d'avoir cette expression ? Ne se rendait-elle pas compte à quel point c'était risqué devant lui ?

Elle renifla, et son visage se durcit soudain.

— Au fait, tu n'as pas répondu à ma question.

De nouveau, il porta le regard sur la bibliothèque et sur les livres aux pages jaunies, et il s'efforça de se représenter Timoney enfant puis ado rebelle aux côtés de cette mère

– une mère se réjouissant de passer du temps avec son enfant au lieu de l'éviter…

C'était là un autre concept qui lui était complètement étranger.

— Pourquoi je suis comme ça ? répéta-t-il platement.

Il se tourna vers elle, et son cœur rata un battement.

Au dehors, en la voyant nimbée par la clarté de la lune, il avait réussi à se convaincre qu'elle n'était qu'un mirage, une illusion. Il était impossible qu'elle soit aussi magnifique, aussi enchanteresse dans sa grande cape rouge. À présent, il n'en était plus aussi sûr.

Sous la lumière chaude et dorée de la lampe, elle semblait encore plus belle. Si belle même qu'il avait du mal à réfléchir.

Elle portait toujours sa cape et l'avait drapée autour d'elle comme une couverture, ramenant les genoux sous elle comme une enfant, et elle regardait au loin d'un air solennel, presque sévère.

En fait, elle n'avait rien d'une enfant. Non, c'était une créature d'un autre monde envoyée dans celui-ci pour le séduire. En témoignait le dessin parfait de sa bouche généreuse et sensuelle qu'il avait goûtée des milliers de fois mais dont il ne pouvait pas se passer.

C'était une vérité qui ne pouvait être contestée, même si elle le mettait mal à l'aise. Une part de lui l'avait déjà acceptée. À moins qu'il ait tout simplement cessé de lutter…

— Tout le monde connaît ton histoire, reprit Timoney d'un ton prudent, cherchant ses mots comme si elle craignait de le blesser.

Quelle idée ridicule ! Comme si elle était capable de faire une chose pareille !

— Vraiment ? Suis-je donc aussi transparent ?

— Je ne sais pas tout, se corrigea-t-elle rapidement. Personne ne sait tout. Je ne connais que les détails que tu as toi-même donnés. Je sais que ta mère était très jeune quand elle a rencontré ton père au cours de l'un de ses voyages d'affaires à Athènes.

Il veilla à rester impassible.

Pourquoi la vie de ses parents fascinait-elle autant les gens ? Ce genre de détails n'avait aucune importance. Lorsque les cartes étaient distribuées, il ne servait à rien de chercher à comprendre pourquoi on les avait reçues, celles-là et pas d'autres. Non, il valait mieux apprendre à jouer, et surtout à gagner, avec cette main-là.

— Mon père a eu une liaison, déclara-t-il d'un ton brusque. Il était déjà marié quand ils se sont rencontrés. Ma mère s'est sans doute montrée stupide, concéda-t-il, mais elle n'avait que dix-huit ans. Il en avait trente-quatre. Si je t'en parle, c'est parce que la presse rappelle régulièrement ce détail comme si c'était la cause de tous leurs problèmes…

— Je pense que de nombreuses personnes oublient à quel point on peut se sentir mature et adulte à cet âge-là, commenta Timoney avec un petit sourire.

Fasciné, il s'appuya contre une bibliothèque et enfouit les mains dans ses poches pour s'empêcher de la toucher.

Fronçant les sourcils, il s'efforça de se rappeler le genre de conversations qu'ils avaient l'habitude d'avoir, en vain. Ils n'avaient jamais vraiment parlé car ils perdaient tous les deux tout contrôle quand ils se retrouvaient dans la même pièce.

Ce besoin impérieux était d'ailleurs toujours présent. Il coulait dans ses veines telle une lave incandescente, lui enjoignant de répondre à son appel et se laisser emporter par cette passion ardente.

Dans le jardin, il avait eu l'intention de la goûter de nouveau afin de se prouver et de lui prouver qu'elle lui appartenait toujours. Elle ne pouvait pas épouser un crétin libidineux comme Julian Browning-Case, et la meilleure façon de le lui rappeler était de lui montrer combien ce qu'ils partageaient était unique sur le plan sexuel.

Hélas, il n'avait pas atteint son objectif. Pire, Timoney semblait déterminée à lui résister, car elle était convaincue qu'il était incapable de parler de lui. Mais elle venait de lui lancer un défi, et il n'était pas homme à se défiler.

— Tu as sans doute raison, concéda-t-il après un instant. Après tout, j'ai été forcé de me débrouiller seul alors que je n'avais que dix-huit ans. Personne ne semblait se soucier de savoir si je me sentais prêt ou non. Ils s'attendaient tous à ce que je sois un homme, alors j'en suis devenu un, ajouta-t-il en haussant les épaules. C'était différent pour ma mère. Elle menait une existence très protégée avant de rencontrer mon père. Elle a suivi son cœur, mais elle n'était pas prête à en affronter les conséquences.

Il parlait d'une voix assurée comme si c'était elle qui lui avait raconté tout cela, mais il n'en était rien. Ces informations figuraient simplement dans ces articles qu'il haïssait tant. La famille de sa mère ne refusait jamais de parler aux journalistes, même si elle n'avait pas été aussi accueillante avec lui, au contraire…

Bien entendu, cela avait changé quand il avait fait fortune. Il était soudain devenu le fils prodigue qu'il leur tardait de ramener au bercail. Mais il était passé à autre chose, et il s'était fait un plaisir de leur rendre la pareille en les ignorant purement et simplement. Ils ne représentaient plus rien pour lui, alors pourquoi prendre la peine de les épargner ?

Contrairement à ceux qui tentaient de l'approcher, ordinairement par intérêt, Timoney ne s'était jamais intéressée à son argent ou à sa carrière. C'était l'homme qu'il était et uniquement cet homme qui l'avait fascinée. Et s'il se préoccupait peu de ce que les autres pouvaient penser de lui, la perspective que Timoney ne voie en lui qu'un être sans âme ou sentiment lui était insoutenable. Pour une raison inconnue, il était essentiel qu'elle l'apprécie et qu'elle ait autant d'estime pour lui qu'il avait besoin d'elle.

— Elle est morte quand tu n'avais que deux ans, dit-elle doucement avant de plonger les yeux dans les siens.

Elle ne lui avait posé aucune question, mais il était évident qu'elle en avait envie.

Il ne put s'empêcher d'ironiser.

— As-tu l'intention de me parler de mon enfance, ou comptes-tu m'écouter te raconter ce que tu sais déjà ?

Son regard s'adoucit, et elle le contempla avec une sorte de compassion qui l'irrita.

Pour qui le prenait-elle ? Comme s'il avait besoin de ça ! Il n'était pas aussi faible.

— Quelqu'un connaît-il la véritable histoire, Crete ?

Il se passa la main dans les cheveux et retint un soupir.

Que diable lui arrivait-il ?

S'il était venu, c'était uniquement pour empêcher son mariage. Il n'avait jamais eu l'intention de discuter de son passé et de toutes ces choses inutiles. Timoney était censée lui tomber dans les bras et oublier son idiot de fiancé, non l'interroger ainsi. Et pourquoi lui répondrait-il ? Il n'avait jamais été homme à refuser un défi quel qu'il soit, mais il n'avait aucune raison de se prêter à ce petit jeu. Quand il jouait, c'était selon ses règles à lui, non selon celles que l'on cherchait à lui imposer.

D'autant qu'il n'avait pas l'habitude de parler ainsi de sa vie privée avec ses maîtresses ni avec qui que ce soit. Il n'avait pas d'amis, car il n'avait jamais vu le moindre intérêt à entretenir ce genre de relations.

Timoney n'avait pas le droit de lui poser des questions. Elle n'avait pas non plus le droit de chercher à le comprendre. Personne ne le connaissait vraiment, ce qui lui convenait parfaitement. Et voilà qu'elle se permettait de s'immiscer dans son intimité, dans son passé, dans ses souvenirs…

— Je ne me souviens pas d'elle, avoua-t-il pourtant.

Sa curiosité n'était pas la bienvenue, loin de là, mais il y avait pire. S'il refusait de répondre, elle risquait de croire qu'il avait peur, une perspective qui lui était intolérable.

Il n'avait peur de rien, et surtout pas de la vérité : abandonnée par son amant et sa famille et incapable de prendre soin de son enfant, sa mère avait sombré dans le désespoir et l'alcool. Elle avait choisi la mort, une mort certes douce et lente aux yeux de certains, mais pour lui, le résultat était le même : il avait dû grandir sans elle.

— C'est sans doute difficile à imaginer, mais comme tu l'as dit, elle est morte quand je n'avais que deux ans. Ses parents l'avaient rejetée quand elle était tombée enceinte, ajouta-t-il sans ciller.

Timoney frémit comme si elle souffrait à sa place, et une part de lui ne put s'empêcher d'être touchée.

Il veilla cependant à rester impassible.

— Voici ce qui s'est passé : après avoir enterré sa fille unique, mon grand-père a conduit son petit-fils chez l'homme qu'il considérait comme le responsable de ce drame.

— Son petit-fils, autrement dit toi, commenta-t-elle doucement. Il t'a abandonné.

— Certains diraient que c'est une histoire tragique, mais je ne suis pas de cet avis. Au contraire, j'estime que j'ai eu de la chance, ajouta-t-il en redressant la tête. C'est ainsi que procédaient les Spartiates, et ils comptaient parmi les plus grands guerriers du monde. Mon grand-père m'a abandonné, mais j'ai survécu. J'ai fait mieux que ça, d'ailleurs. J'ai réussi ma vie.

Il ne connaissait pas l'échec, c'était là une constante dans son existence, et il n'y avait aucune raison que cela change.

— T'a-t-il vraiment laissé sur le seuil d'une porte à Oslo ?

— Oui, répondit-il en s'efforçant de se détendre, en vain.

Il était mal à l'aise, ce qui était une première pour lui. D'ordinaire, c'étaient les autres qui se sentaient gênés quand il parlait de son passé. C'était d'ailleurs une des raisons pour lesquelles il avait pris l'habitude de passer son enfance sous silence. S'il s'était ouvert à Timoney, c'était uniquement parce qu'elle avait insisté. Et à présent… elle ne semblait pas le moins du monde troublée par cette information.

— Heureusement, c'était pendant l'été, continua-t-il néanmoins. Je ne sais pas combien de temps je suis resté là. Certains parlent d'une heure, d'autres d'une nuit. Quoi qu'il en soit, c'est la femme de mon père qui m'a trouvé. Elle a découvert un jeune enfant avec les cheveux noirs et les yeux bleus de son mari. Elle aurait pu me rejeter. J'étais le bâtard de son époux, poursuivit-il en haussant les épaules. Elle ne l'a pas fait, elle m'a accepté.

— Qui pourrait refuser d'accueillir un enfant abandonné devant sa porte ? demanda-t-elle, secouant la tête comme si cette perspective lui paraissait impossible. Je t'ai entendu raconter cette histoire à de nombreuses reprises, mais je ne comprends pas pourquoi tu parles de ta belle-mère comme si elle était une sorte de sainte pour ne pas t'avoir laissé à la rue.

— Ne l'était-elle pas ? s'enquit-il en plongeant son regard dans le sien. Elle n'a pas hésité à recueillir l'enfant illégitime de son mari ! Qui accepterait une telle situation ?

— N'importe quel être humain. C'est normal d'aider un enfant, non ?

Il préféra ignorer la question.

— Elle t'a vraiment accueilli ?

— J'ai vécu dans cette maison durant seize ans.

— Et tu en as été chassé quand tu en avais dix-huit.

— En effet, dit-il en serrant les poings.

Timoney hocha la tête comme s'il venait de confirmer ses craintes.

— Ta belle-mère t'a-t-elle accueilli par bonté d'âme parce qu'elle était une sorte de sainte ? Ou l'a-t-elle fait pour ennuyer ton père et lui rappeler son infidélité ? lui demanda-t-elle en plissant les yeux.

Comme il restait silencieux, elle eut un petit rire sans joie.

— C'est bien ce que je pensais. Et ça ne lui a pas posé le moindre problème qu'un enfant se retrouve pris ainsi entre deux feux.

De nouveau, il préféra rester silencieux.

Il était inutile de songer à ce qui s'était passé à l'époque. Ces souvenirs n'avaient rien d'agréable ou de plaisant. Mieux vaudrait se concentrer sur le plus important : l'avenir proche de Timoney.

— C'est assez cocasse quand on y pense, je trouve. Tu m'as demandé de te raconter mon histoire, et tu te permets de faire des suppositions et de tirer des conclusions…

— J'ai lu de nombreux articles à propos de toi, rétorqua-t-elle calmement.

N'importe quelle autre femme aurait été gênée de reconnaître la vérité, mais pas Timoney. Elle le regardait d'un air tranquille, presque comme pour le défier de réagir.

Une telle assurance l'aurait sans doute irrité venant de n'importe qui d'autre, mais pas de la part d'une femme qui avait découvert le plaisir entre ses bras. C'était ainsi qu'il pensait à elle depuis leur rupture, et il n'avait aucune envie que cela change.

— Et ils racontent tous la même histoire, continua-t-elle. Celle des grands-parents cruels, de la mère décédée et de l'épouse dévouée ayant fermé les yeux sur l'infidélité de son époux pour t'élever comme son propre fils.

— Ils racontent tous la même histoire parce que c'est la vérité.

En guise de réponse, elle se contenta de hausser les sourcils.

Il plissa les yeux.

— Es-tu en train de suggérer que je mens ?

L'espace d'un instant, il se demanda même si elle n'avait pas raison. Si elle n'en savait pas davantage sur lui que lui-même – ce qui n'avait aucun sens !

— Je ne crois pas que tu mens, répondit Timoney d'un ton prudent, mais ça ne signifie pas non plus que tu dis la vérité.

De plus en plus mal à l'aise, il l'observa un instant.

Elle semblait tellement calme et maîtresse d'elle-même qu'il avait du mal à la reconnaître. Elle n'était plus cette jeune femme se consumant de désir pour lui et brûlant de passion dès qu'il la touchait ou qu'il croisait son regard.

Elle n'était pas non plus celle qu'il avait quittée des semaines plus tôt et qui l'avait considéré comme s'il lui avait véritablement brisé le cœur. Non, elle l'observait comme si elle venait de trouver un spécimen particulièrement intéressant qu'il lui tardait d'étudier ou de disséquer.

Personne n'avait jamais osé le regarder ainsi, surtout depuis qu'il était devenu Crete Asgard, l'homme d'affaires impitoyable à la fortune considérable qui pouvait détruire une carrière ou une vie d'un simple mot et que le commun des mortels admirait de loin.

Cette conversation commençait à l'ennuyer sérieusement, mais il ne fallait surtout pas que Timoney se rende compte à quel point il était mal à l'aise.

— Tu penses que je ne dis pas la vérité ? répéta-t-il d'un ton sec, dans l'espoir qu'elle laisse tomber.

— Tu n'es pas très ouvert, Crete, expliqua-t-elle, toujours sans le quitter du regard.

Elle se redressa et sembla hésiter un instant, comme si elle allait lui annoncer une mauvaise nouvelle.

— Tu réfrènes tes émotions, à supposer bien sûr que tu sois capable d'en avoir. Tu te contentes de gagner de l'argent et de faire l'amour. Enfin, je suppose que tu préfères parler de sexe, ajouta-t-elle avec un sourire dénué d'humour. Tu agis comme si rien ne pouvait t'atteindre ou t'intéresser. Mais nous savons tous les deux que personne ne peut se contenter de si peu. C'est impossible. Affirmer le contraire serait un mensonge.

Il retint une grimace.

En temps normal, il aurait simplement éclaté de rire devant de telles affirmations. C'était ainsi qu'il réagissait toujours en pareille occasion, avant d'humilier ou d'anéantir l'inconscient qui se permettait de le défier ainsi.

Las ! il ne pouvait pas traiter Timoney de cette façon. Elle était certes son adversaire durant cette discussion, mais elle n'était pas son ennemie… Même si ses paroles avaient le pouvoir de le perturber.

— Pourquoi ne peux-tu pas accepter la vérité et m'accepter tel que je suis, Timoney ? Serait-ce parce que tu es en colère contre moi ?

Il aurait sans doute mieux valu chercher à l'amadouer ou à la calmer, mais c'était plus fort que lui. Pour la première fois de son existence, il se laissait guider par ses émotions.

Loin de s'offusquer de sa réaction, Timoney se contenta de sourire, comme si la créature enchanteresse qu'elle était devenait capable de se contrôler, contrairement à lui – une idée aussi étonnante qu'insupportable.

— Personne n'est capable de se maîtriser à ce point, dit-elle enfin, l'air de le défier.

Elle s'attendait sans doute à ce qu'il comble la distance les séparant pour l'embrasser, la distraire et lui faire oublier leur conversation ou gagner du temps, comme il l'avait sans doute souvent fait en sa présence.

Fronçant les sourcils, il tenta de se rappeler si ce genre de choses s'était déjà produit. En vain.

Timoney l'observait avec attention, semblant chercher à lire ses pensées.

— Si tu as dit la vérité, pourquoi es-tu ici ? Un homme aussi froid et raisonnable tenterait-il vraiment d'empêcher son ex-maîtresse de se marier ? insista-t-elle d'un air amusé.

Il s'écarta lentement de la bibliothèque sans la quitter des yeux.

Elle le contemplait, parfaitement détendue sur son divan, comme si elle ne venait pas d'essayer de le piéger.

En temps normal, son calme l'aurait impressionné, mais pour l'instant, il l'ennuyait et le sidérait.

— Je suis aussi possessif avec les femmes que je choisis qu'avec mon argent, grommela-t-il. Cela répond-il à ta question ?

— Nous savons tous les deux que c'est faux, rétorqua-t-elle en penchant la tête de côté. Tout le monde sait que tu n'es pas possessif. C'est même tout le contraire, continua-t-elle, ses yeux étincelant comme des joyaux. Il suffit de consulter les tabloïds pour s'en convaincre. Je te rappelle que tes anciennes conquêtes ne se gênent pas pour se confier aux journalistes.

— Tu ne l'as pas fait.

— En effet, admit-elle sans manifester la moindre émotion.

Il retint un juron.

Il n'avait qu'une envie : lui prouver sans équivoque qu'il savait se montrer possessif lorsqu'il s'agissait d'elle, mais il se retint, car elle le regardait comme si c'était exactement ce à quoi elle s'attendait, et se savoir aussi prévisible ne lui plaisait pas. Timoney avait déjà réussi à lui faire perdre le contrôle de ses émotions. Il était hors de question de lui donner satisfaction.

Rejoignant la grande verrière, il s'arrêta devant une table couverte de pots multicolores. Ils étaient presque tous vides, et à les voir ainsi exposés au froid de l'hiver qui entrait malgré les épais vitrages, son cœur se serra.

C'était une réaction complètement ridicule et qui ne lui ressemblait pas le moins du monde. Mais que diable lui arrivait-il ?

Le reflet de Timoney était bien visible dans la vitre, et le désir qu'elle lui inspirait était si intense qu'il avait du mal à réfléchir.

— Pourquoi ne me racontes-tu pas mon histoire, puisque, apparemment, tu la connais mieux que moi ? demanda-t-il sans se retourner. Mais, je te préviens, j'ai bien l'intention de te rendre la pareille.

— Je crois que tu te sens seul, commença-t-elle comme s'il n'avait rien dit.

Malgré sa voix douce, ses paroles le heurtèrent de plein fouet.

— L'épouse de ton père s'est sans doute assurée que tu ne te sentes jamais le bienvenu. Je suis certaine qu'elle a fait en sorte que tu comprennes que tu étais différent et que tu n'avais aucun autre endroit où aller parce que personne ne voulait de toi. Et elle a dû te convaincre que tu devais faire l'impossible pour gagner son affection.

— Tu te trompes, affirma-t-il d'un ton froid, les yeux rivés sur un pot bleu contenant un fond de terre. Je n'aurais rien pu faire. Elle n'avait aucune affection à me donner.

Ce n'étaient que des faits, rien de plus. Ils n'avaient pas le pouvoir de le blesser.

— Je me doutais bien que j'avais raison. C'était une femme cruelle qui t'a recueilli pour se venger de son mari infidèle. Tu ne parles jamais de lui, fit-elle remarquer. Il est pourtant l'homme qui a abandonné ta mère et qui ne t'a reconnu que parce qu'il n'avait pas d'autre choix, pour t'abandonner à ton tour quand son épouse a décidé qu'elle avait fait son devoir et en avait fini avec toi.

— C'est un homme faible, rétorqua-t-il en passant un doigt sur le bord du pot.

Il valait mieux ne pas y penser. Cet homme appartenait au passé. Il avait tourné la page depuis.

— Mais ça, tu t'en doutais, après ce qu'il a fait...

— En effet. Mais ça ne me dit toujours pas ce que, toi, tu as ressenti, Crete, insista Timoney d'une voix toujours aussi douce. Tu es adulte, à présent. Tu as travaillé d'arrache-pied pour en arriver là où tu en es aujourd'hui. Je sais tout cela, poursuivit-elle, mais je ne sais pas ce que tu as ressenti quand tu étais enfant et que ta belle-mère te traitait différemment de ton frère et ta sœur.

— Pourquoi est-ce important ? explosa-t-il en se retournant. Mes sentiments ne changeront rien à ce qui s'est passé !

Durant son enfance, sa belle-mère avait fait tout ce qu'elle avait pu pour lui rappeler jour après jour qu'il n'était pas son fils. Elle ne l'avait privé de rien, mais elle s'était toujours arrangée pour qu'il reçoive un peu moins que son frère et sa sœur, afin qu'il n'oublie jamais qu'il ne faisait pas vraiment partie de leur fratrie. Son père n'intervenait jamais. Il ne lui adressait d'ailleurs pratiquement pas la parole s'il pouvait l'éviter. Il se contentait de soutenir son épouse dans toutes ses décisions.

À l'époque, ce comportement l'avait fait horriblement souffrir. Il s'était efforcé de faire de son mieux pour satisfaire ce père absent dans l'espoir de gagner son respect ou au moins d'être remarqué. Il avait fait de même avec sa belle-mère, avant de se résigner au fait que c'était un combat perdu d'avance et qu'il n'aurait jamais sa place parmi eux.

C'était ainsi qu'il avait décidé d'ignorer ce qu'il ressentait pour se concentrer sur ce qu'il était capable de faire. S'il n'avait pas le pouvoir de modifier le comportement de ses parents, il pouvait au moins contrôler ses propres réactions. « Change qui tu es et tu changeras le monde » n'était pas devenu l'un de ses dictons favoris pour rien. Il était la preuve vivante que tout était possible quand on s'en donnait les moyens.

La voix de Timoney le ramena à la réalité.

— Les sentiments définissent qui nous sommes.

— Je préfère les faits.

— Les faits racontent simplement ce qui s'est passé, ils ne décrivent ni nos réactions ni nos impressions.

— Je n'ai aucune envie de me rappeler ce que j'ai ressenti à l'époque, déclara-t-il avant d'avoir pu s'en empêcher.

Il aurait mieux fait de garder le silence que de l'avouer à Timoney, mais, oui, c'était une part de lui qu'il avait oubliée depuis longtemps et qu'il avait remplacée par des plaisirs plus simples comme le sexe et l'argent.

— Pourquoi voudrais-je m'en souvenir ? ajouta-t-il néanmoins. Le vivre une fois m'a suffi.

Il attendit qu'elle réagisse, en vain. Elle se contenta de le regarder en silence, ses grands yeux rivés sur lui.

Mais qui diable était-elle ? Était-ce vraiment la jeune fille qu'il avait rencontrée quelques mois plus tôt ? Celle qui lui avait donné son innocence et tout son être durant ces nuits de passion ? Elle n'avait plus rien de commun avec la Timoney qu'il connaissait.

À moins que…

Se pouvait-il qu'elle ait toujours été ainsi et qu'il ne s'en soit pas rendu compte tant il était obsédé par son corps parfait et sa façon de s'abandonner entre ses bras ?

À cet instant, pour une raison inconnue, son instinct lui hurla de fuir.

La situation était plus complexe qu'il ne l'avait cru. Il valait mieux prendre ses distances pour réfléchir et reprendre le contrôle de ses émotions. C'était d'ailleurs toujours ainsi qu'il fonctionnait. Confronté à un obstacle infranchissable, il se repliait avant de revenir plus fort pour le franchir.

Cette fois, pourtant, il ne pouvait s'y résoudre.

Cette réaction était excessive. Il ne s'agissait que d'une conversation sur son passé avec l'une de ses anciennes maîtresses. Il était hors de question qu'il se laisse impressionner…

— L'épouse de mon père m'a utilisé comme une arme contre lui afin de lui faire payer son infidélité et s'assurer qu'il ne commette plus jamais une telle erreur, reprit-il d'une voix rauque. Je crois que ça a été efficace, parce que je n'ai jamais eu vent du contraire. Quant à mon grand-père maternel, continua-t-il d'un ton froid, il est décédé quand j'avais dix ans. Et tout espoir que j'aurais pu entretenir que sa famille ait envie de me connaître est mort avec lui. Ils m'ont rendu responsable de sa mort et de celle de ma mère.

Timoney murmura quelque chose, mais il ne l'entendit pas.

— Laisse-moi deviner : je méritais mieux que cette enfance malheureuse et que ces années de solitude et de mépris ?

Il éclata de rire, et son regard se posa sur la bibliothèque.

— Contrairement à toi, je n'ai pas de point de comparaison. Ce que j'ai vécu a fait de moi l'homme que je suis aujourd'hui, Timoney. Dès lors, comment pourrais-je leur en vouloir ?

— Mais c'est le cas, pourtant, affirma-t-elle en fronçant

les sourcils. Je suis certaine que c'est ce que tu ressens au fond de toi.

— Tu te trompes.

Sans même s'en rendre compte, il traversa la pièce et vint se planter devant elle.

Si certaines choses avaient changé, d'autres étaient restées les mêmes. Timoney semblait aussi innocente et vulnérable que lors de cette soirée fatidique où il avait posé les yeux et les mains sur elle.

Il aurait sans doute dû prévoir que cette décision aurait des conséquences irréversibles.

— C'est pour cela que je ne raconte pas mon histoire, poursuivit-il en plongeant les yeux dans les siens.

Ces yeux magnifiques qui n'avaient cessé de le hanter depuis leur rupture – non, depuis leur première rencontre.

— Des gens aussi sensibles que toi s'imaginent comprendre ce que je ressens. Ils ne peuvent pas s'empêcher d'éprouver de la pitié et du chagrin pour moi. Je ne vois pas les choses de cette façon, annonça-t-il en levant le menton. Ces années ont certes été une épreuve, mais aussi une opportunité. Je suis reconnaissant à mon père, à ma belle-mère et même à mon grand-père, car je me suis endurci grâce à eux. J'ai appris à ne jamais me laisser influencer par mes émotions et à garder la tête froide en toutes circonstances.

— Je vois, dit-elle, ses magnifiques yeux bleus étincelant de plus belle. Si tu es là ce soir, c'est uniquement parce que tu n'aimes pas partager tes jouets. C'est vraiment ce que tu espères me faire croire ? s'enquit-elle dans un souffle. Ça ne marchera pas

Il serra les dents.

Timoney n'était pas un jouet pour lui. Si elle l'avait été, il n'aurait eu aucun mal à l'oublier ou à la remplacer comme il le faisait d'ordinaire dès qu'une de ses maîtresses le lassait ou commettait l'erreur de vouloir le retenir.

— Nous en discuterons en temps voulu, déclara-t-il, s'efforçant d'ignorer la tempête qui faisait rage en lui. Pour l'instant, parlons de toi, ma belle.

5.

— C'est moi qui pose les questions, objecta Timoney avant de pincer les lèvres.

Crete s'était penché et avait posé les mains sur le dossier de son siège, de part et d'autre de son visage. Elle était prise au piège.

Mais loin de paniquer, elle n'avait qu'une envie : s'avancer pour…

Non, c'était une très mauvaise idée. Elle ne pouvait pas se permettre de se laisser distraire.

Crete était passé maître dans l'art de la diversion. Il lui suffisait de croiser son regard ou de poser les yeux sur ses lèvres pour qu'elle perde toute envie de lutter pour s'abandonner à sa caresse.

Elle avait longuement rêvé de le revoir un jour, mais rien ne l'avait préparée à ce qu'il réapparaisse ainsi la veille de son mariage et qu'il la suive dans cette pièce où elle s'était toujours sentie si bien. Plus surprenant encore, elle avait réussi à le faire parler de lui, chose qu'elle avait cru impossible jusque-là. Cela tenait pratiquement du miracle.

Au plus profond d'elle, elle avait toujours supposé que Crete n'était pas aussi froid et insensible qu'il souhaitait le faire croire. Elle était convaincue que c'était une façade. Un homme aussi passionné et sensuel ne pouvait pas se couper totalement de ses émotions. C'était impossible.

À l'entendre parler aussi froidement de son enfance,

il était plus facile de comprendre son comportement : ce n'était pas qu'il ne ressentait rien, mais plutôt qu'il ne *voulait* rien ressentir.

Il plissa les yeux tout en la fixant, et elle sentit son souffle se bloquer dans sa poitrine.

Il était proche, si proche…

Elle aurait dû l'écarter, prendre ses distances pour se calmer, mais elle en était incapable. Son visage aux traits virils était si séduisant qu'elle ne pouvait en détourner le regard. Il lui aurait suffi de lever la main pour le toucher, mais elle ne pouvait s'y résoudre. Son sang chantait pourtant dans ses veines, lui enjoignant de cesser de lutter pour s'abandonner au désir qu'il lui inspirait, ce désir qui ne la quitterait sans doute jamais quoi qu'elle fasse.

— Tu étais tellement naïve et innocente quand je t'ai trouvée, dit-il d'une voix grave qui la fit frissonner de plaisir. Tu étais mûre, prête à être cueillie, et nous savons tous les deux que, si ça n'avait pas été moi, tu serais tombée dans les bras du premier venu. Tes amies et toi, vous cherchiez les ennuis, c'était évident. Vous faisiez la tournée des bars à la recherche d'excitation. Sais-tu combien de jeunes femmes comme toi se retrouvent dans des situations similaires ? s'enquit-il d'une voix veloutée.

— Et toi, que faisais-tu là ? rétorqua-t-elle, s'efforçant d'ignorer les battements désordonnés de son cœur.

Sa peau la brûlait tant qu'elle craignait de prendre feu.

— Et combien de jeunes femmes as-tu « cueillies », comme tu dis, pour les emmener dans un vestiaire ?

Crete eut un sourire sardonique.

— Tu veux que je te dise ce que je sais des petites héritières pourries gâtées comme toi ? lui murmura-t-il à l'oreille, allumant un incendie entre ses cuisses.

C'était incroyable l'effet qu'il avait sur elle. Il en avait été ainsi durant les quelques mois qu'ils avaient partagés, et de toute évidence, rien n'avait changé. Elle était toujours aussi impuissante face à lui.

— Vous brillez de mille feux avant de vous écraser, poursuivit-il. C'est toujours la même histoire. Que ce soit à force de faire la fête ou la une des magazines, ou en épousant le mauvais candidat, vous finissez toutes par vous brûler les ailes. Et vous n'avez alors pas d'autre choix que de découvrir que les actes ont des conséquences et que la réalité n'est pas aussi rose que vous l'avez cru.

— Si je ne suis qu'une femme parmi tant d'autres, tu ne devrais avoir aucun problème à me remplacer. Je ne comprends vraiment pas pourquoi tu es venu, rétorqua-t-elle en haussant les sourcils avec un regard de défi. Va te trouver une maîtresse qui te dira ce que tu veux entendre et qui te donnera ce que tu veux. Je suis certaine qu'il doit y en avoir au moins une qui ne commettra pas l'erreur de t'avouer ses sentiments. Vous formerez le couple parfait dans ton appartement stérile.

— C'est exactement ce que j'essaie de t'expliquer, ma belle, répliqua-t-il, nullement ennuyé par sa remarque.

Il était toujours aussi proche, et la chaleur de son corps lui parvenait, l'enveloppant de son étreinte sensuelle.

— Les femmes comme toi ont l'habitude d'obtenir ce qu'elles veulent. Elles ne savent même pas ce que désirer veut dire. Ce n'est qu'un mot vide de sens, car tout vous est offert sur un plateau. Vous vous fixez des objectifs futiles comme acheter une propriété située dans un certain quartier. Vous prétendez faire vos propres expériences alors que vous vous contentez de passer le temps jusqu'à ce que vous touchiez votre argent.

Elle retint une grimace.

C'était exactement ainsi que ses anciennes amies vivaient. Elle les avait d'ailleurs imitées, d'une certaine façon. Son emploi de chargée de relations publiques n'était finalement qu'une façon de subvenir à ses besoins en attendant de toucher son héritage.

— Je te remercie d'avoir souligné combien mon existence était futile, dit-elle sèchement, mais je tiens à ce que tu saches que personne n'a plus conscience que moi des travers des jeunes femmes que tu décris.

— Tu devrais me remercier de t'avoir mise à la porte, Timoney, reprit-il, ignorant sa remarque. Tu sembles avoir changé, t'être endurcie.

Elle sentit sa gorge se serrer.

Crete cherchait à la blesser, c'était évident. S'il s'était permis de lui dire une chose pareille quand ils étaient encore ensemble, elle n'y aurait sans doute pas survécu.

Mais à présent, la situation avait changé. Il lui avait brisé le cœur, lui donnant l'impression de mourir sur place. Et comme elle avait survécu, il n'avait plus le pouvoir de la blesser ou de la faire souffrir de nouveau. Du moins, elle l'espérait.

Aussi réagit-elle de la seule manière possible : en éclatant de rire.

— J'ai l'impression que tu t'accuses toi-même, rétorqua-t-elle en secouant la tête. Tu as sans doute raison : je n'étais qu'une petite idiote parcourant Londres dans l'espoir de trouver un sens à la vie, mais la petite idiote que j'étais a su te fasciner. Tu étais complètement fou de moi. Je n'ai pas parlé d'amour, précisa-t-elle comme il ouvrait la bouche. Ce serait aller trop loin, n'est-ce pas ? Dis-moi, es-tu venu afin de déterminer si tu pouvais réparer les dégâts et me faire retomber dans tes bras ?

— Si tu es d'accord…, dit-il en laissant ses yeux s'attarder sur sa bouche.

Malgré elle, une onde de chaleur la parcourut. Le lien qui les unissait était indéniable, même s'il ne s'agissait que d'attirance physique.

Pour autant, elle ne pouvait pas se permettre de céder à la tentation. Cretc l'avait déjà embrassée à deux reprises, manquant lui faire oublier ses bonnes résolutions. Elle devait impérativement garder son sang-froid, sans quoi elle risquait de commettre la même erreur qu'autrefois alors que rien n'avait changé. Crete ne pouvait pas et ne voulait pas lui offrir ce dont elle avait besoin.

Se glissant sous son bras, elle se leva et fit quelques pas.

Peu importait que Crete l'accuse de fuir, elle ne se faisait pas confiance quand elle était avec lui.

— M'insulter ne sert à rien, déclara-t-elle en se tournant vers lui. J'ai encore d'autres questions à te poser. Tu ne t'en sortiras pas aussi facilement.

— Je n'ai jamais eu l'intention de t'insulter, répondit-il d'un air tranquille. Et j'ai déjà répondu à tes questions. Puis-je te faire remarquer que c'est toi qui t'es réfugiée à l'autre bout de la pièce, comme si tu avais peur de quelque chose. Est-ce de moi, *Timonitsa mou*, ou bien de toi-même ? s'enquit-il en plissant les yeux.

Timonitsa mou, autrement dit « ma petite Timoney »…

Elle rougit malgré elle.

Sa réaction n'avait sans doute pas échappé à Crete, mais il était trop tard pour s'en inquiéter. Elle ne pouvait de toute façon rien y faire.

Se débarrassant de sa cape, elle la posa sur le dossier d'un fauteuil.

— Très bien, concéda-t-elle, parlons de peur. N'importe qui conclurait que c'est toi qui as peur, peur que je puisse t'aimer, précisa-t-elle comme il fronçait les sourcils. À moins que ce soit quelque chose de plus profond ?

Elle prit un instant pour l'observer.

— Craindrais-tu de tomber amoureux de moi ? demanda-t-elle avant de pouvoir s'en empêcher.

À ces mots, l'atmosphère devint soudain électrique.

Son cœur battait la chamade, mais, à moins que ce soit un effet de son imagination, il lui semblait que celui de Crete en faisait tout autant : son visage s'était fermé, et il serrait les poings.

Elle hésita sur la conduite à adopter : devait-elle insister et voir jusqu'où elle pouvait aller avant qu'il perde définitivement son sang-froid, ou devait-elle tenter de le réconforter pour, peut-être, l'aider à accepter et à faire la paix avec son passé, même si elle ignorait comment procéder ?

Des voix résonnèrent soudain dans le couloir, et elle tressaillit en réalisant qu'elles se rapprochaient.

— On ne doit surtout pas te trouver ici, chuchota-t-elle, terrifiée.

Crete haussa les sourcils comme s'il avait du mal à croire à ce qu'il venait d'entendre.

L'espace d'un instant, elle craignit même qu'il s'avance vers la porte pour accueillir leurs mystérieux visiteurs.

Pour une raison inconnue, une part d'elle-même souhaitait presque qu'il le fasse. Son oncle serait sans doute furieux, mais il finirait par exiger que Crete…

Il ne servait à rien de songer à cela pour l'instant. Se mordillant la lèvre, elle s'efforça de se concentrer sur le moment présent.

Sans un mot, Crete traversa la pièce et alla se placer derrière la longue table où sa mère avait l'habitude de conserver ses pots. À la fois lourde et imposante, elle offrait une cachette parfaite. Lui lançant un regard noir, il s'accroupit.

Elle manqua éclater de rire.

Jamais, au grand jamais elle n'aurait imaginé que Crete se prêterait à ce petit jeu. Pourquoi prenait-il cette peine ?

Les voix se rapprochèrent davantage.

Elle prit un livre au hasard et s'installa dans un fauteuil

afin de donner l'impression d'avoir été interrompue au milieu de sa lecture.

La porte s'ouvrit d'un coup, et un couple entra en titubant et en riant aux éclats.

Elle vit aussitôt que c'était Julian, accompagné de l'épouse d'un diplomate.

Julian s'immobilisa, les yeux écarquillés, et elle lui rendit son regard en silence.

Plusieurs secondes s'écoulèrent avant que sa compagne comprenne que la femme qui les observait était la future mariée. S'excusant auprès de Julian, elle quitta rapidement la pièce en refermant la porte derrière elle.

Timoney attendit, le cœur battant, en s'efforçant de ne pas regarder en direction de la table derrière laquelle se cachait Crete.

— Eh bien, ma chère, commença Julian d'une voix posée – la même voix qu'il employait pour s'adresser à elle et qu'elle avait toujours trouvée courtoise –, je pensais que vous étiez déjà couchée.

À présent, elle reconnaissait son ton pour ce qu'il était : de la condescendance.

— J'ai l'habitude de lire avant d'aller dormir, répondit-elle.

Baissant les yeux, elle s'avisa qu'elle avait pris l'un de ses livres favoris, un épais recueil d'histoires pour enfants dont le personnage principal était une petite fille, et elle eut soudain envie de le lui lancer en pleine figure.

C'était la première fois qu'elle ressentait une telle colère en présence de Julian. Non, ce n'était pas tout à fait exact : c'était la première fois qu'elle ressentait *quelque chose* en sa présence.

Inconscient de son trouble, Julian l'étudia un instant avant de sourire d'un air contrit. Du moins c'est ce qu'elle aurait pu croire si elle n'avait pas croisé son regard : il était froid et méprisant.

— Je suis un homme avec de nombreux besoins, ma chère, déclara-t-il sur le même ton de voix. J'avais l'intention d'avoir cette conversation après la cérémonie, mais je vois que je n'ai pas le choix.

Il soupira et secoua la tête.

— Vous êtes une jeune femme pragmatique, n'est-ce pas ? Vous devez l'être, continua-t-il sans lui laisser l'occasion de répondre, car vous avez accepté de vous marier un mois à peine après votre rupture avec Asgard. Comme je vous l'ai déjà dit, je suis prêt à assumer les conséquences de cette liaison scandaleuse, ajouta-t-il en indiquant son ventre comme si elle était trop stupide pour comprendre le sous-entendu. Je ne demande pas grand-chose en retour.

— Simplement que je ferme les yeux sur vos relations avec l'épouse d'un diplomate ou toute femme qui aurait la chance de vous plaire, je suppose ? s'enquit-elle d'un ton sec.

— Je suis de la vieille école, dit-il en penchant la tête. Je m'attends à ce que vous remplissiez vos devoirs d'épouse, mais notre mariage n'étant pas une union d'amour, je ne vois pas pourquoi je ne pourrais pas également assouvir mes désirs ailleurs. Aucun de nous deux n'en souffrira, affirma-t-il avec un sourire plus franc, bien que ses yeux demeurent glacials. Vous semblez choquée, Timoney.

— Votre réaction est déplacée, répondit-elle doucement comme si elle était toujours la femme qu'elle s'était efforcée de devenir ces deux derniers mois, une enveloppe vide enfermée dans la glace, et qui aspirait à la tranquillité et à la solitude.

La situation était pourtant très différente à présent. La glace avait commencé à fondre…

— On ne doit pas parler de ces choses-là, enfin, pas de cette façon, poursuivit-elle néanmoins, rechignant à quitter ce rôle si confortable.

— Allons, ma chère, vous pensez vraiment que je devrais

prendre des leçons de savoir-vivre auprès d'une petite pute qui n'a pas hésité à écarter les cuisses pour un bâtard ?

Elle en eut le souffle coupé et dut fournir un effort considérable pour ne pas tourner la tête vers Crete.

Julian venait de le traiter de bâtard !

Ivre de rage, elle envisagea un instant de se jeter elle-même sur Julian pour le gifler violemment.

La présence de Crete ne l'avait pas seulement forcée à quitter sa prison de glace, elle l'entraînait vers l'incendie, la poussant à se laisser consumer par le désir, la passion et toutes ces émotions qu'elle avait tenté de réprimer durant des semaines. Et surtout, elle la forçait à mesurer ce qu'elle avait fait, ou plutôt ce qu'elle avait accepté de faire.

Julian s'était-il déjà montré aussi grossier envers elle ou envers Crete ? Elle ne s'en souvenait pas. Quelque chose lui disait toutefois que ce n'était pas la première fois qu'il se permettait ce genre de commentaire. Pire encore, elle n'avait sans doute pas réagi. Noyée dans son chagrin, elle n'avait pas trouvé la force de se préoccuper de quoi que ce soit. Et ce réveil brutal n'avait rien d'agréable.

— On dirait que vous êtes sans voix, observa-t-il avec un petit rire condescendant. J'en suis ravi. Je pense qu'il est temps que vous réalisiez que je ne vous épouse pas pour votre conversation, ajouta-t-il en laissant ses yeux se promener sur son corps comme s'il la déshabillait mentalement.

Elle se tendit aussitôt. Crete aussi avait l'habitude de la contempler ainsi, mais l'effet était radicalement différent. En sa présence, elle se sentait belle et séduisante et frémissait d'excitation à l'idée qu'il la touche. Avec Julian, elle était mal à l'aise ct quelque peu dégoûtée.

Elle se mordit la langue pour ne pas lui dire ce qu'elle pensait vraiment et l'insulter copieusement.

En vérité, elle ne connaissait absolument pas son futur époux. Non pas parce qu'il s'était efforcé de lui cacher qui il était vraiment, mais simplement parce qu'elle n'y avait pas prêté la moindre attention. Inutile de le nier, elle était responsable de la situation.

— Bonne lecture, ajouta-t-il. Je vous verrai demain.

Ce n'était pas une promesse. Non, ça tenait davantage de la menace.

Elle avait l'impression que son cœur allait éclater en morceaux. La honte lui serrait la gorge, manquant la faire suffoquer. Elle avait envie de hurler, de pleurer, de se rouler sur le sol et de disparaître.

Le cœur battant la chamade, elle attendit que la porte se soit refermée sur Julian pour se retourner.

Elle tressaillit en voyant le regard de Crete posé sur elle.

Comment allait-il réagir ? Se mettre en colère, crier, ou traverser la pièce et la prendre dans ses bras afin de la convaincre de ne pas épouser Julian ?

Une part d'elle espérait qu'il le fasse.

Le contraste entre lui et Julian était tellement saisissant. Crete avait ses torts, mais il ne l'avait pas insultée comme Julian venait de le faire, et ses yeux bleus qui viraient parfois à l'orage n'avaient jamais été aussi froids. L'homme qu'elle aimait et celui qu'elle s'apprêtait à épouser n'avaient vraiment rien en commun.

Cette confirmation était incroyablement douloureuse.

Elle avait toujours su que Julian ne soutenait pas la comparaison avec Crete. Il aurait fallu être aveugle pour l'ignorer. Comment aurait-elle pu se réjouir de l'épouser alors qu'elle avait encore le goût des baisers de Crete sur les lèvres ? N'importe quel homme aurait d'ailleurs échoué face à lui, mais concernant Julian Browning-Case, c'était encore pire.

Soudain furieuse contre elle-même, contre Julian, mais

également contre Crete de l'avoir placée dans une situation pareille, elle demanda :

— Eh bien ? Tu as des commentaires à faire ? Tu as l'intention d'analyser ma réaction et de m'expliquer comment j'en suis arrivée là ?

— Je crois que c'est inutile, répondit calmement Crete. C'était ton choix.

Elle ferma les yeux et croisa les bras comme pour se réchauffer ou se consoler.

— Tu as vraiment besoin de me l'entendre dire ? reprit-il de sa voix virile et sensuelle. Tu ne peux pas épouser cet homme, Timoney. Tu le sais aussi bien que moi.

Il avait raison, bien sûr. Elle l'aimait toujours, le désirait toujours malgré ce qui s'était passé entre eux. Mais si ses sentiments n'avaient pas changé, la situation était à présent très différente.

Elle avait toujours voulu en savoir plus sur Crete, l'interroger sur son enfance afin de découvrir qui il était vraiment. Et même si elle connaissait déjà les détails qu'il lui avait confiés ce soir, le simple fait qu'il se soit ouvert à elle tenait du miracle.

Ce qu'ils avaient partagé pendant quelques mois avait été un véritable rêve. Et tandis que Crete avait divisé son temps entre elle et son travail, elle avait consacré le sien à essayer de le comprendre. Elle s'était d'ailleurs longuement reproché cette obsession après leur rupture, mais ses observations lui étaient à présent utiles.

Crete avait beau affirmer ne pas croire en l'amour, il lui avait prouvé qu'il était capable de ressentir de véritables émotions. Et, plus important encore, il lui avait aussi prouvé qu'il l'aimait. Il n'en avait probablement pas conscience, mais chacune de ses paroles et chacun de ses gestes étaient autant de preuves qu'il partageait ses sentiments. Elle en était convaincue.

Le seul problème, c'était qu'il lui était impossible d'identifier ce qu'il ressentait. Il ne connaissait visiblement rien à l'amour, ce qui n'était pas étonnant vu la façon dont sa famille l'avait traité. Pire encore, il était incapable d'accepter l'idée même de ressentir quelque sentiment que ce soit, et surtout pas de l'amour.

Si elle acceptait d'annuler son mariage pour s'enfuir avec lui, et s'ils reprenaient leur relation là où elle s'était arrêtée, et même si Crete se montrait plus honnête sur ce qu'il ressentait, quelle différence cela ferait-il ?

Elle aurait certes l'occasion de passer plus de temps avec lui, ce qui était déjà un cadeau en soi. Après tout, une part d'elle était prête à tout pour ne serait-ce qu'une journée de plus avec lui. Il lui était d'ailleurs arrivé de souhaiter vendre son âme au diable en échange de quelques instants dans ses bras.

Hélas, quand ces brefs moments de bonheur s'achèveraient, elle se retrouverait au même point.

Oh ! pourquoi avait-il fallu qu'il débarque au moment où elle s'y attendait le moins ? Tout aurait été plus facile si elle avait pu continuer d'ignorer ses sentiments et de prétendre que tout allait bien dans le meilleur des mondes. Mais non, Crete la forçait à affronter la réalité, à ôter ses œillères.

Julian n'était certes pas aussi poli ou courtois qu'elle se l'était imaginé, mais sa conception du mariage n'avait rien de surprenant. C'était ainsi qu'elle concevait également leur union, même si elle avait été choquée de le découvrir dans les bras d'une autre quelques heures à peine avant la cérémonie.

Pour autant, ce comportement ne l'avait pas blessée personnellement. Elle ne l'aimait pas, peu importait donc avec qui il prenait du bon temps. Coucher avec lui était une perspective plutôt désagréable, mais n'était-ce pas ce qu'elle avait accepté ?

Crete lui avait donné plus de plaisir que ce qu'elle aurait pu imaginer, mais il avait également bouleversé son existence. Comment était-elle censée continuer de vivre sans lui après tout ce qu'il lui avait apporté ? Son corps, son cœur et son âme même lui appartenaient, ce qui ne l'avait pas empêché de l'écarter froidement.

Subir les attentions de Julian était donc mille fois préférable à ce qui l'attendait si elle suivait Crete. D'autant que Julian allait irrémédiablement finir par se lasser d'elle. D'ici quelques années, il accepterait sans doute qu'ils mènent tous deux des existences complètement séparées. Elle devait simplement se montrer patiente. Et si c'était loin d'être la vie dont elle avait toujours rêvé, au moins, elle pourrait être elle-même, et non cette idiote qui perdait pied dès que Crete la regardait, incapable de lui refuser quoi que ce soit.

Elle avait pris la bonne décision. C'était la seule solution envisageable, même si Crete était incapable de le comprendre.

Pour autant, elle pouvait peut-être profiter de sa présence sans avoir à modifier ses projets. C'était même le meilleur des compromis…

— Pourquoi souris-tu ?

Elle se mordit la lèvre.

Elle allait sans doute regretter ce qu'elle s'apprêtait à faire.

Découvrir qui était vraiment Julian Browning-Case alors que Crete était caché à quelques mètres d'elle avait été une épreuve en soi, mais renoncer à une dernière étreinte avec Crete et devoir remonter l'allée jusqu'à l'autel le lendemain matin, ce serait mille fois pire.

Oh ! et puis, elle n'avait plus envie de se battre.

— Tu crois vraiment que je t'appartiens ? demanda-t-elle en plongeant son regard dans le sien.

Une étincelle s'alluma dans ses yeux, ranimant le brasier

qui brûlait en elle et masquant pour un court instant la honte et le chagrin qui la torturaient.

Tout cela finirait par resurgir, mais elle n'avait plus envie de s'en inquiéter. Elle était capable de vivre avec des regrets, du moins l'espérait-elle. La tristesse la suivrait probablement jusqu'à la fin de ses jours. Elle pouvait bien s'accorder un répit. Le reste n'avait plus d'importance.

— Tu sais bien que oui, répondit-il d'une voix chaude, sensuelle, irrésistible…

Il lui sourit avec fierté, convaincu d'avoir gagné, car il n'y avait rien que Crete Asgard aime davantage que battre un adversaire à plate couture, même s'il s'agissait d'elle.

— Alors, prouve-le-moi, ordonna-t-elle en lui tendant les bras.

6.

Toute hésitation disparut chez Crete. Il n'y avait plus que ce besoin lancinant, brûlant, presque douloureux, dans sa poitrine, dans ses reins, dans son bas-ventre.

Timoney se tenait au centre de la pièce illuminée d'une lumière dorée, et elle était si jolie qu'il renonçait à réfléchir. Le simple fait de la regarder était une torture, une torture d'autant plus cruelle que l'homme qu'elle avait l'intention d'épouser était incapable de comprendre à quel point il avait de la chance. Ce type s'était adressé à elle comme à un lot de consolation, un mets de second choix. Et s'il était évident qu'il la désirait, cet imbécile ne ressentait rien de ce que lui-même ressentait en ce moment. Sinon, il ne l'aurait pas laissée seule.

L'espace d'un instant, il envisagea de lui demander comment elle avait pu accepter d'épouser un homme aussi stupide et ignoble, mais il ne put s'y résoudre. Ce genre de détail était insignifiant quand elle le regardait de cette façon.

Ses yeux d'un bleu aussi profond que l'océan semblaient receler des trésors. Il pourrait s'y noyer tout en louant la fortune d'avoir eu la chance d'y plonger ne serait-ce qu'un instant. Timoney était un miracle, une véritable déesse à laquelle il n'avait aucune envie de résister.

Traversant la pièce, il s'arrêta devant la porte et la verrouilla. Il n'avait pas l'intention de tolérer la moindre interruption. Et surtout pas que Timoney lui demande de se cacher derrière un meuble ou un rideau. Le théâtre de boulevard, très peu pour lui.

Satisfait, il se tourna vers Timoney, qui le regardait d'un air inquiet comme si elle craignait qu'il l'abandonne.

Il vaudrait sans doute mieux qu'il le fasse. Alors qu'il ne croyait pas aux fantômes, Timoney l'avait hanté durant des semaines. Elle était restée à ses côtés chaque minute de chaque heure de chaque jour, envahissant même ses rêves pour le torturer. Il n'avait pas connu un instant de répit depuis ce jour où il l'avait renvoyée.

D'ordinaire, lorsqu'il mettait un terme à sa relation avec sa maîtresse du moment, il se sentait simplement soulagé. Il savait instinctivement quand le moment était venu de rompre : quand le sexe ne lui apportait plus la satisfaction et la plénitude dont il avait besoin et quand la présence de sa compagne devenait pesante. Ce n'était pas une règle absolue, mais ses relations excédaient rarement six semaines.

Avec Timoney, ces six semaines s'étaient transformées en six mois, et il ne s'était pas lassé d'elle. Elle l'obsédait toujours autant. Là, même s'il n'avait pas encore apaisé la faim qui ne l'avait pas quitté depuis son départ, il se sentait plus détendu… Comme s'il avait retrouvé sa place. Ou plutôt comme si Timoney avait enfin repris dans sa vie la place qui lui revenait de droit.

Sur le trajet menant à cette demeure, il avait presque réussi à se convaincre qu'il lui suffirait de lui jeter un coup d'œil pour comprendre à quel point il s'était trompé, qu'il ne ressentirait rien en l'apercevant et qu'il pourrait repartir aussi discrètement qu'il était arrivé.

Mais quand il l'avait découverte dans le jardin, il avait mesuré combien il avait été stupide. Repartir sans lui parler ni l'approcher, cela l'aurait détruit.

— Retourne t'asseoir dans ton fauteuil, ordonna-t-il d'une voix rauque.

Cette voix qui surgissait à son insu quand il était avec elle et qui l'avait toujours fait trembler de désir, comme en cet instant.

Il en avait l'eau à la bouche. Il lui tardait de la goûter de nouveau.

Comme elle restait immobile, il haussa les sourcils, et elle laissa échapper un petit rire qui le remplit de joie.

Elle obéit enfin, et il l'observa avec ferveur.

— Relève ta robe, chuchota-t-il. Je veux te regarder.

Riant de nouveau, elle plongea son regard dans le sien tout en s'exécutant, comme si elle cherchait à le défier ou à le tenter.

Il retint un sourire.

Elle lui avait tant manqué ! C'était lui qui lui avait appris à se montrer aussi mutine. Lui !

Laissant ses yeux glisser sur les jambes fuselées de Timoney, il sentit aussitôt son ventre se nouer.

Elle était si belle, si parfaite ! Sa peau diaphane appelait les caresses, et il mourait d'envie de faire remonter une main de sa cheville jusqu'à ses cuisses.

Comme si elle lisait dans ses pensées, elle s'immobilisa, l'ourlet de sa robe reposant sur le haut de ses jambes.

Il se contenta d'attendre en silence. Il aurait pu lui ordonner de continuer, mais ce n'était pas nécessaire. Non, c'était à Timoney de lui montrer qu'elle le désirait autant qu'il la désirait.

Enfin, elle poussa un soupir et se rendit, remontant sa robe pour dévoiler un petit triangle de dentelle incroyablement sexy.

— Montre-m'en plus, pria-t-il malgré lui, d'une voix qu'il reconnut à peine comme étant la sienne.

Timoney tressaillit, et sa réaction le combla de joie. Elle

aussi mourait d'impatience de se retrouver enfin dans ses bras. C'était évident. Pour s'en convaincre, il suffisait de voir le tremblement de ses doigts alors qu'elle se soulevait pour ôter sa culotte et la jeter sur le côté.

Elle se réinstalla ensuite, se penchant légèrement en arrière tout en écartant les jambes pour lui permettre de la regarder.

Il n'y avait pas la moindre trace d'hésitation ou de timidité dans ses gestes. Elle lui appartenait, et elle le savait.

Cette pensée le ravit, et il prit un instant pour contempler le charmant spectacle qu'elle offrait alors qu'il ne rêvait que de se perdre en elle. Son entrejambe était tellement douloureux qu'il avait du mal à se retenir, mais il tint bon.

Ce n'est que lorsque Timoney poussa un autre soupir qu'il se permit de la rejoindre.

Ignorant les battements désordonnés de son cœur et ses jambes qui tremblaient, il traversa la pièce et s'agenouilla devant elle sans la quitter du regard.

La prenant par la taille, il l'attira à lui, notant au passage que son ventre se contractait déjà.

Elle était prête à l'accueillir, prête à répondre à la moindre de ses demandes. Aussi s'autorisa-t-il enfin à faire ce dont il rêvait depuis leurs retrouvailles.

Se penchant, il la goûta, lui arrachant aussitôt de petits soupirs.

Loin de s'interrompre, il poursuivit sa caresse, la torturant et l'emmenant toujours plus haut et plus loin sans relâche malgré ses gémissements ou la façon dont elle remuait sous ses assauts.

Il la connaissait bien, mieux qu'elle l'aurait voulu, mieux qu'elle pouvait l'imaginer. Elle était à lui.

Sans s'arrêter, il inséra un doigt en elle, et elle glissa

la main dans ses cheveux. Elle gémit plus fort, mais il ne ralentit pas ses mouvements.

Il voulait lui faire perdre la tête, la rendre folle de plaisir, la faire jouir encore et encore. Il en avait besoin pour se prouver qu'il n'était pas le seul à avoir rêvé de cet instant.

La prise de Timoney se resserra dans ses cheveux, et ses talons lui martelèrent le dos, mais il ne s'en émut pas. Il voulait qu'elle comprenne qu'il était le seul à pouvoir lui donner ainsi du plaisir, le seul à la désirer autant.

— Je t'en prie, Crete, murmura-t-elle en remuant de plus belle. J'ai besoin de toi. Je te veux en moi !

Satisfait, il ouvrit son pantalon et se glissa immédiatement en elle, retenant un grognement de plénitude alors qu'il s'enfonçait dans sa moiteur torride.

Elle haleta, et il accéléra le rythme comme elle s'accrochait à lui, ses gémissements alimentant le brasier qui faisait rage en lui. Ils glissèrent sur le tapis.

La soulevant légèrement, il l'empala sur lui pour qu'elle puisse le chevaucher, et elle plongea un instant son regard dans le sien.

Ses yeux assombris par le désir étaient embrumés comme si elle ne pouvait se concentrer sur rien d'autre que les délicieuses sensations qu'il éveillait en elle.

— Si tu me veux, déclara-t-il, ravi, tu vas devoir me prendre, Timoney.

Son regard se focalisa aussitôt sur lui tandis qu'une étrange étincelle s'y allumait, et il la sentit soudain brûlante comme si une lave incandescente coulait dans ses veines.

Il en avait toujours été ainsi entre eux. Se toucher, c'était comme plonger dans les flammes, mais au lieu de s'en écarter pour éviter de se brûler, ils ne pouvaient s'empêcher de rechercher cette étreinte torride jusqu'à se laisser consumer entièrement.

Timoney commença à bouger, et il retint un nouveau grognement de plaisir.

C'était lui qui lui avait appris cette danse sensuelle. Il lui en avait enseigné chaque pas, chaque mouvement, et elle s'était révélée une élève enthousiaste, n'hésitant pas à le toucher et à le caresser, ses lèvres rencontrant les siennes d'abord timidement avant de se faire curieuses puis de plus en plus exigeantes.

Malgré les semaines qui s'étaient écoulées depuis leur rupture, il se rappelait chaque instant passé avec elle et chaque nuit où il avait conquis son corps, la possédant encore et encore jusqu'à ce qu'elle hurle de plaisir.

Et pourtant, rien ne l'avait préparé à ce qu'il ressentait en ce moment. Timoney semblait plus belle, plus vivante, plus brillante qu'auparavant. Elle était si sexy alors qu'elle se relevait légèrement avant de se laisser retomber sur lui, les faisant tous les deux soupirer de plaisir.

Son corps sensuel était fait pour l'accueillir comme le sien était fait pour se perdre en elle. Elle était incroyable, merveilleuse, tout simplement parfaite.

Plongeant son regard dans le sien, elle accéléra ses mouvements, l'emmenant inexorablement vers l'orgasme, et il éprouva le besoin impérieux de reprendre le contrôle de la situation.

La faisant rouler sur le dos, il plongea plus profondément en elle et accéléra le rythme, chaque coup de butoir plus puissant que le précédent.

Timoney renversa la tête en arrière, et il écrasa la bouche sur la sienne pour étouffer ses cris de plaisir.

Elle trembla sous lui, mais il ne s'arrêta pas, la faisant jouir encore et encore jusqu'à ce que ses forces l'abandonnent et que son corps retombe mollement sur le tapis. Alors, il s'autorisa enfin à se laisser emporter à son tour par la jouissance, le nom de Timoney au bord des lèvres et résonnant au plus profond de lui.

À bout de souffle, il s'écroula à ses côtés, l'attirant à lui pour la garder contre son torse, et le poids familier de son corps contre le sien le fit soupirer de plaisir.

Elle lui avait manqué, ces instants lui avaient manqué, mais tout était enfin rentré dans l'ordre.

— Je suis content que la situation soit réglée, déclara-t-il d'un ton paresseux. Nous devrions rentrer à Londres. On s'arrangera pour faire envoyer tes affaires quand les choses se seront calmées.

Timoney resta silencieuse, ce qui le surprit.

Elle était bien trop calme. Sans compter qu'elle n'avait même pas enfoui la tête dans son cou. Que diable se passait-il ?

— Timoney ? s'enquit-il, soudain inquiet. La situation est réglée, n'est-ce pas ?

Le repoussant doucement, elle s'assit pour rajuster sa robe et se recoiffer.

Croisant son regard, il retint un juron.

Elle semblait parfaitement maîtresse d'elle-même, comme s'il ne s'était rien passé entre eux, comme si elle n'avait rien ressenti, alors qu'il avait été à deux doigts de perdre pied.

— Il n'y avait rien à régler, répondit-elle lentement, choisissant ses mots avec soin. Au contraire, je crois que tout a été dit il y a longtemps. Deux mois, pour être précise.

Retenant une grimace, il s'assit à son tour et rajusta son pantalon.

Il s'était ouvert à Timoney, il s'était confié à elle, et elle semblait sur le point de le rejeter. Ce n'était pas possible, c'était sûrement une erreur.

— Je ne comprends rien à ce que tu essaies de me dire.

— Tu vas rentrer à Londres, Crete, mais je ne t'accompagnerai pas. Je vais rester ici. Comme tu le sais, je me marie demain.

Elle ne pouvait pas faire une chose pareille. Pas maintenant, alors qu'il était sur le point d'exploser.

— Ne sois pas ridicule ! Tu viens de coucher avec un autre homme ! Avec moi ! lui rappela-t-il, les poings serrés.

— Et mon futur mari a sans doute couché avec la femme qu'il a amenée ici, rétorqua-t-elle en haussant les épaules. On dirait que nous avons trouvé l'arrangement idéal.

— As-tu perdu la tête ?

— Pas du tout.

— C'est pourtant la seule explication possible, affirma-t-il, irrité par son impassibilité. Je ne crois pas qu'un homme aussi obsédé par le statut et les origines sociales que Julian Browning-Case se réjouirait d'apprendre que son épouse – enfin, sa future épouse –, se corrigea-t-il avec une grimace, a couché avec quelqu'un comme moi.

— Même si c'est le cas, ça ne te concerne pas.

Furieux, il se passa la main dans les cheveux pour s'empêcher de la toucher et lui rappeler qu'elle lui appartenait toujours.

— Timoney, nous savons tous les deux que tu le détestes, alors comment peux-tu ne serait-ce qu'envisager de l'épouser ?

En guise de réponse, elle se contenta de hausser les épaules tout en l'observant d'un air placide, peut-être encore plus calme qu'avant.

— J'ai déjà accepté de l'épouser. Il m'a offert cette bague, dit-elle ensuite en lui montrant sa main, et j'ai accepté de la porter. Et, plus important que cela, j'ai accepté d'honorer ce qu'elle représente.

Il prit soudain conscience de deux choses : la première, qu'il devait impérativement lui arracher sa bague de fiançailles et la jeter au fond d'un lac le plus tôt possible, et la seconde, que Timoney prenait un malin plaisir à s'opposer à lui. Pour une raison inconnue, elle se réjouissait de parler de son mariage avec un autre homme alors qu'ils venaient de coucher ensemble.

Une réaction aussi incompréhensible qu'inattendue. La Timoney qu'il connaissait n'aurait jamais fait une chose pareille. Elle ne lui disait pas toute la vérité, il le sentait au plus profond de lui. Le contraire était tout simplement impossible.

— J'ai bien vu ta façon de le regarder. Tu le détestes, affirma-t-il froidement. Et dois-je te rappeler que nous n'avons pas utilisé de protection ?

Pourquoi avait-il commis cette imprudence ? Que diable lui arrivait-il ? C'était la première fois qu'il oubliait de mettre un préservatif. Quel sort lui avait-elle lancé pour qu'il perde ainsi la tête ?

Timoney eut un petit sourire.

— Comment est-ce possible ? demanda-t-elle d'un ton moqueur. Le grand Crete Asgard, qui ne commet jamais la moindre erreur, a oublié de prendre ses précautions ! Ça arrive souvent avec tes partenaires d'un soir ? Pardonne-moi d'être aussi curieuse, mais tu n'as jamais oublié de te protéger durant les six mois qu'a duré notre relation. Pas une fois.

— Je n'oublie jamais..., commença-t-il, avant de s'interrompre.

Alors pourquoi n'y avait-il pas songé ce soir ?

C'était une question à laquelle il n'avait aucune envie de répondre ni même de penser pour l'instant. Il y avait plus important à faire : la convaincre pour de bon de quitter son crétin de fiancé !

Heureusement, Timoney n'insista pas, se contentant de hausser de nouveau les épaules comme si elle s'en moquait.

— Tu as entendu ce qu'a dit Julian : il est prêt à assumer les conséquences de ma liaison avec toi. De quoi parlait-il, selon toi ?

Crete sentit sa gorge se nouer alors qu'il comprenait enfin.

Non, ce n'était pas possible !

— Je te demande pardon ?

— Tu dois savoir que Julian n'a pas d'héritier, déclara Timoney d'un ton léger, comme si elle parlait d'un détail insignifiant. Il n'a même pas de cousin éloigné qui pourrait bénéficier de sa succession. Il est désespéré – à moins qu'il s'en moque, je l'ignore. Enfin, quoi qu'il en soit, il ne verra pas le moindre inconvénient à ce que je sois enceinte, conclut-elle en se levant.

Cloué sur place, il la considéra en silence.

La grâce avec laquelle elle se déplaçait l'avait toujours fasciné, et elle le fascinait même en cet instant où son cœur tambourinait dans sa poitrine et où une rage intense, presque aveuglante, bouillonnait en lui.

Ce n'est que lorsque Timoney voulut le contourner pour atteindre la porte qu'il se leva d'un bond et la prit par le bras pour la forcer à lui faire face.

Visiblement surprise, elle écarquilla les yeux, et une part de lui se réjouit de sa réaction : il avait enfin réussi à lui faire perdre contenance.

— Ta possible grossesse ne signifie peut-être rien pour ton fiancé, dit-il d'une voix vibrante de colère, mais il n'en va pas de même pour moi. C'est même tout le contraire.

7.

— C'est peut-être le cas, rétorqua Timoney en s'efforçant de ne pas se laisser impressionner, mais ça n'a aucune importance.

À ces mots, Crete resta coi, comme s'il ne pouvait pas croire qu'elle ait pu lui donner une telle réponse. C'était la première fois qu'elle le voyait aussi perturbé. De toute évidence, elle n'avait pas le droit d'affirmer que ses sentiments n'avaient pas d'importance.

Crete Asgard était l'homme le plus séduisant qu'elle connaisse. En plus de son physique d'Apollon, il avait un goût sûr en matière de mode et avait généralement l'air de sortir tout droit des pages d'un magazine. Quant à ses cheveux, ils étaient toujours légèrement décoiffés comme s'il venait d'y passer la main, lui donnant un air à la fois sexy et un peu dangereux. Mais là, on aurait cru qu'il venait de subir une tourmente.

Las ! loin de s'en réjouir – c'était la première fois qu'elle réussissait à le déstabiliser ainsi –, elle se sentait mal à l'aise.

Elle n'avait d'ailleurs plus qu'une envie : se jeter dans ses bras et le laisser l'emmener à Londres.

Ce n'était pourtant pas une bonne idée. C'était même tout le contraire. Ils avaient déjà essayé – enfin, il était plus correct de dire qu'*elle* avait déjà essayé. Elle lui avait offert son corps, son cœur et même son âme, mais ça ne lui avait pas suffi.

Non, mieux valait s'en tenir à son plan, d'autant que, si la perspective de son futur mariage la déroutait, c'était bien peu, comparé à la torture qu'elle avait endurée lorsque Crete l'avait rejetée.

Certes, elle avait commis une erreur en couchant de nouveau avec lui. Elle n'avait fait que raviver les souvenirs qui la hantaient depuis qu'il l'avait quittée. Pire, son corps tremblait toujours de désir contenu. Elle ne rêvait rien tant que de le laisser explorer sa peau de sa bouche tandis que ses mains la caresseraient jusqu'à la rendre folle.

Puis il se glisserait entre ses jambes pour la pénétrer, et…

Une vague brûlante déferla entre ses cuisses.

Elle fit de son mieux pour l'ignorer et pour l'ignorer, lui, son amant, celui qui détenait la clé de son cœur, ainsi que sa proposition de l'accompagner à Londres.

Aucune femme saine d'esprit n'aurait la force de refuser…

Crete lui avait rappelé qui elle était vraiment. Entre ses bras, elle s'était enfin sentie vivante de nouveau comme si les deux mois qui venaient de s'écouler n'avaient été qu'un mauvais rêve, une illusion dont elle avait enfin réussi à s'échapper. Son corps vibrait d'énergie comme si elle venait de s'éveiller d'un long sommeil. Sa peau s'était réchauffée sous ses doigts telle la neige fondant au soleil. Et c'était à Crete qu'elle le devait.

Mais elle n'avait pas le choix. Il était trop tard pour revenir en arrière.

Il aurait sans doute été plus facile de supporter la cérémonie du lendemain ainsi que sa nuit de noces si Crete n'était pas venu la voir. Elle aurait continué à évoluer dans un monde cotonneux et gris, ne s'émouvant de rien, pas même de se retrouver liée à Julian Browning-Case. À cause de Crete, il lui était désormais impossible de se réfugier dans ce cocon d'indifférence, mais il lui avait néanmoins offert une échappatoire : elle s'imaginerait dans ses bras quand elle serait avec Julian. C'était la seule solution.

Sa proposition de la ramener à Londres était incroyablement tentante, mais également extrêmement dangereuse. Combien de temps se passerait avant qu'il se lasse d'elle ou qu'il décide que ses sentiments lui étaient insupportables ? Quelques semaines ? Quelques mois ? Et que lui resterait-il ensuite lorsqu'il l'aurait brisée pour de bon ? Rien, absolument rien.

Elle aurait sans doute dû le chasser dès son arrivée, mais elle n'avait pas pu s'y résoudre. Pour autant, rien n'avait changé. Crete était toujours incapable de lui donner ce dont elle avait besoin.

Elle avait donc l'intention de tenir sa promesse. Son mariage avec Julian ne serait sans doute pas heureux, mais il pouvait au moins la préserver de la douleur et du chagrin qui l'attendaient si elle suivait Crete. Il n'y avait pas à hésiter, elle avait fait son choix.

— Tu n'as pas compris, affirma-t-il, sans la relâcher.

Sa main était chaude et ferme sur son bras, et elle ne put s'empêcher de frissonner de plaisir.

Il lui avait offert un cadeau ce soir. Elle se souviendrait de chaque baiser, de chaque caresse, de chaque instant passé avec lui, et ces merveilleux souvenirs lui permettraient de supporter une vie avec son époux.

— Je crois avoir parfaitement compris, rétorqua-t-elle en se forçant à plonger son regard dans le sien. Je ne suis simplement pas d'accord avec toi. Je conçois que tu aies quelques difficultés à l'accepter, car ça ne t'est sans doute jamais arrivé avant.

Visiblement agacé, il plissa les yeux, et elle ne put s'empêcher de sourire intérieurement.

L'homme qu'elle avait appris à connaître, celui avec qui elle avait vécu une liaison passionnée durant plusieurs mois, n'avait jamais perdu son sang-froid. Crete Asgard était un businessman accompli et impitoyable, autant craint que respecté. Il était également un amant doué et généreux, mais il était surtout un homme qui ne laissait jamais quiconque deviner ce qu'il pouvait penser ou éprouver. Elle l'avait embrassé, goûté, caressé, elle avait hurlé son nom quand il la pénétrait encore et encore, mais elle ne le connaissait pas, en tout cas pas à l'époque. Elle ne l'avait jamais vu réagir ainsi, comme s'il ne parvenait pas à maintenir la façade derrière laquelle il se réfugiait habituellement, cette impassibilité qui pouvait passer pour de la froideur aux yeux de certains.

— Je suis le bâtard d'un homme qui avait les moyens de prendre soin de moi mais qui a refusé, expliqua-t-il, les traits crispés. Tu le sais. Tu dois donc savoir aussi que je ne permettrai jamais que quelqu'un d'autre élève mon enfant.

Elle sentit sa gorge se serrer.

Non, elle ne pouvait pas s'autoriser à songer à ce qu'il avait enduré durant son enfance !

L'entendre lui avouer enfin combien il avait manqué d'affection et d'attention durant des années lui était insoutenable. Il lui suffisait de penser à ce petit garçon pratiquement livré à lui-même pour sentir sa résolution faiblir.

Pour autant, elle ne pouvait pas se laisser attendrir. L'enjeu était trop important. Crete était prêt à tout pour obtenir ce qu'il voulait, y compris à profiter des faiblesses de son adversaire.

— Je suis certaine que tu n'as pas à t'inquiéter. Ce n'est pas le bon moment.

C'était un mensonge. Elle n'avait aucun moyen de le savoir. Son cycle n'avait jamais été régulier.

— Ça ne me rassure pas vraiment, rétorqua Crete comme s'il se doutait qu'elle mentait.

À croire qu'il la connaissait mieux qu'elle ne se connaissait elle-même.

— Je suis navrée de l'entendre, Crete, mais ça fait partie de la vie. Il nous est à tous arrivé de souffrir, d'être mal à l'aise, inquiet ou blessé. Certaines blessures ne se referment d'ailleurs jamais, elles continuent de nous torturer malgré le temps ou la distance. On a le choix : apprendre à vivre ainsi ou mourir.

À ces mots, la main de Crete se resserra sur son bras et son regard se durcit.

— Ça faisait partie de ton plan, Timoney ? Tu cherches à te venger ?

Elle se dégagea, et il ne chercha pas à la retenir.

— Avais-tu prévu de venir ce soir ?

En guise de réponse, il lui lança un regard noir.

— Je vais prendre ça pour un non. Je ne savais pas non plus que tu viendrais, alors, dis-moi, comment aurais-je pu élaborer un plan pour me venger ?

Sa venue l'avait prise au dépourvu. Jamais elle n'aurait pu imaginer qu'il se présente ainsi comme elle l'avait tant rêvé.

Combien de fois n'avait-elle pas regardé par la fenêtre, espérant le voir apparaître, tout en se reprochant sa stupidité. Un homme comme Crete Asgard ne s'abaisserait jamais à cela.

Et pourtant, il était venu…

— Tu as donc décidé d'en profiter, commenta-t-il, la tirant de ses pensées. Je n'imaginais pas que tu puisses être aussi cruelle.

Elle faillit hurler.

Comment osait-il faire une telle remarque, après la

façon dont il l'avait traitée ? Quel salaud ! Il cherchait sans doute à la mettre en colère.

— Si tu as d'autres questions de ce genre, je n'y vois pas d'inconvénient, mais je n'ai aucune envie de rester ici si tu continues à me regarder comme si tu t'apprêtais à me sauter dessus, déclara-t-elle en se déplaçant lentement vers la porte.

— Il est hors de question que tu passes cette porte, *Timonitsa mou.*

Pour une raison inconnue, le ton de sa voix la fit frissonner. Son instinct lui hurlait de rester prudente, ce qui n'avait aucun sens puisque Crete n'avait pas fait un geste dans sa direction. Il était parfaitement immobile, comme s'il n'éprouvait pas la moindre inquiétude, comme s'il se savait capable de l'arrêter par la seule force de son regard.

Son cœur se mit à battre la chamade tandis qu'une vague de désir la submergeait.

— Avant ce soir, dit-elle en posant la main sur la poignée, j'ignorais si j'avais envie de te revoir ou si au contraire je souhaitais ne plus jamais me retrouver en ta présence…

Elle tourna la tête pour lui faire face.

Il l'avait traitée avec mépris lors de leur rupture, mais elle ne pouvait se résoudre à en faire autant. Sans compter que faire preuve de considération envers lui était une preuve, une de plus, qu'elle était assez forte pour le quitter et épouser l'homme choisi par son oncle.

— Je te suis reconnaissante, poursuivit-elle. Je me sens mieux, plus forte et plus sûre de moi. Tu n'avais sans doute pas l'intention de m'aider ainsi, mais peu importe.

— Tu m'es reconnaissante, répéta-t-il lentement de sa voix grave et sensuelle, attisant ce feu qui couvait en elle dès qu'il l'approchait. Merveilleux ! Tu portes peut-être mon enfant, et tu as l'intention d'épouser un homme qui n'a aucun respect pour toi, mais tout cela n'a aucune importance puisque tu m'es reconnaissante.

Elle sentit son souffle se bloquer dans sa poitrine mais s'efforça de respirer calmement.

— Julian ne me respecte peut-être pas, commença-t-elle d'une voix tremblante, mais il a toujours été honnête avec moi. Tu ne peux pas en dire autant.

Crete recula comme si elle l'avait frappé.

— N'essaie pas de réécrire l'histoire, Timoney. J'ai toujours été honnête avec toi. Je ne mens jamais, continua-t-il en relevant légèrement la tête comme pour la défier de le contredire. Jamais. Demande à qui tu veux.

Relâchant la poignée, elle se tourna vers lui. C'était sans doute une erreur, mais il était trop tard pour s'en inquiéter.

— Tu peux te montrer direct, brutal même quand tu veux, mais ce n'est pas la même chose. T'arrive-t-il d'être vraiment honnête avec toi-même ?

Comme Crete plissait les yeux, elle retint une grimace. Elle aurait dû s'enfuir tant qu'elle en avait encore l'occasion, ouvrir la porte, longer le couloir pour regagner sa chambre et y rester jusqu'au lendemain matin, et…

Et quoi ? Enfiler une robe blanche pour remonter l'allée afin de s'enchaîner à un homme qui la voyait comme une prostituée ?

Malgré elle, elle ne put s'empêcher de songer à la façon dont Julian l'avait regardée en l'appelant « ma chère » et en traitant Crete de bâtard. Son regard était lentement remonté sur son corps comme s'il la touchait et l'explorait à loisir.

Ce n'était qu'un avant-goût de ce qui l'attendait, et il

fallait bien reconnaître qu'elle n'avait aucune envie de découvrir la suite du programme.

Comment avait-elle pu se convaincre qu'elle supporterait de coucher avec Julian uniquement parce qu'elle avait connu l'extase dans les bras de Crete ? Comme si le plaisir qu'il venait de lui donner pouvait bloquer et compenser le chagrin et la douleur qui l'attendaient…

Julian ne lèverait sans doute pas la main sur elle, mais leur nuit de noces et tout leur mariage seraient sans doute une épreuve. Il lui suffisait de l'imaginer à la place de Crete, ses mains parcourant son corps comme il s'allongerait sur elle pour la posséder et…

Se représenter la suite était au-dessus de ses forces. Crete lui avait appris à mieux connaître son corps et à l'apprécier. L'offrir à Julian Browning-Case lui semblait soudain impensable. Elle n'était pas prête. *Pas du tout.*

Comment ne l'avait-elle pas admis plus tôt ?

— Je crois que tu es plutôt mal placée pour me faire la leçon, rétorqua Crete, inconscient de son trouble. Tu t'apprêtes à épouser un autre homme alors que tu portes peut-être mon enfant !

Et si elle était vraiment enceinte ?

Sentant soudain sa résolution faiblir, elle plongea son regard dans celui de Crete.

— Est-ce que tu m'aimes ? demanda-t-elle.

C'était la deuxième fois qu'elle lui posait cette question. Qu'elle osait utiliser ces mots qui lui faisaient tellement horreur.

Lorsque Crete lui avait expliqué sa vision des choses, elle n'avait pas pu s'empêcher de le lui demander directement. À l'époque, elle s'était convaincue qu'il avait des sentiments pour elle. Elle s'était trompée. Crete l'avait contemplée comme s'il ne la connaissait pas, comme si elle n'était qu'une étrangère, avant de répondre d'un simple mot, sans la moindre hésitation : « Non. » Et en une seconde, son monde avait basculé.

Elle avait cru mourir. Elle aurait préféré qu'il lui arrache le cœur pour l'écraser sous son pied. Ainsi, il lui aurait au moins épargné la terrible douleur qui l'avait gagnée dans l'instant. Mais elle n'était pas morte. Elle avait survécu, s'efforçant d'avancer et d'oublier, allant même jusqu'à accepter d'épouser un homme qu'elle n'aimait pas, jusqu'à ce que Crete surgisse et anéantisse tous ses efforts.

Il ouvrit la bouche et la referma aussitôt. L'expression de son visage n'était plus aussi sévère, mais elle ne s'était pas adoucie pour autant.

Oh ! mon Dieu ! pourquoi lui avoir posé cette question ?

— Et toi, est-ce que tu m'aimes ? demanda-t-il enfin. Parce que, d'après ce que je vois et ce qui s'est passé ce soir, j'ai l'impression que c'est le cas. Et, pour la première fois de mon existence, j'espère vraiment me tromper.

À ces mots, elle chancela.

— J'avais raison, déclara-t-elle, la gorge serrée. Nous n'avons rien à faire ensemble.

Tournant les talons, elle tenta d'agripper la poignée.

En vain. Ses doigts étaient comme paralysés par le choc. Le monde se mit soudain à tourner, et elle craignit un instant de s'effondrer, avant de se rendre compte que Crete l'avait soulevée pour la jeter par-dessus son épaule.

— Qu'est-ce que tu fais ?

Elle tenta de se redresser, mais Crete ne réagit pas. Il se contenta de traverser la véranda pour récupérer sa cape et la placer sur elle avant de sortir dans le jardin.

Le froid la fit sursauter, et elle s'accrocha à Crete, rassurée par sa chaleur, comme il s'engageait dans une allée puis sur une pelouse.

— Où m'emmènes-tu ? demanda-t-elle.

Sa prise se resserra aussitôt, comme lorsqu'il lui faisait l'amour et se perdait en elle.

À cette idée, une vague de chaleur la submergea, et elle serra les cuisses.

— Arrête de bouger, ordonna-t-il sans ralentir.

— Tu es complètement fou. Tu ne peux pas me…

Elle s'interrompit, réalisant qu'elle ignorait toujours quelles étaient ses intentions.

— Qu'est-ce que tu fais ?

— Je pensais que c'était évident, répondit-il d'un air tranquille, comme si son comportement était parfaitement normal. Tu n'es pas capable de faire le bon choix, j'ai donc décidé de le faire pour toi.

Il y a quelques mois, elle aurait été ravie qu'il se montre aussi entreprenant, mais ce n'était plus le cas aujourd'hui. C'était même tout le contraire.

— Tu n'as pas le droit de me traiter de cette façon, s'emporta-t-elle, soudain furieuse contre lui et contre elle-même.

Elle aurait dû être horrifiée par son attitude, mais une part d'elle ne pouvait pas s'empêcher d'être séduite.

— Repose-moi, ordonna-t-elle néanmoins.

Elle tenta de se redresser et de se jeter sur le côté, mais Crete la retint avec facilité.

— Je ne peux pas.

Il semblait parfaitement détendu, bien plus qu'il ne l'avait été durant la soirée ou même depuis qu'elle le connaissait.

— Qu'est-ce que tu racontes ? s'exclama-t-elle tout en combattant les lances de désir qui se fichaient en elle pour la convaincre de cesser de lutter.

Elle ne devait pas écouter son corps. Il fallait qu'elle résiste !

— Il ne sert plus à rien de tergiverser, affirma-t-il en accélérant le pas. Le moment est venu d'agir.

— Tu es en train de me kidnapper !

Il passa la main sur ses fesses, lui arrachant un cri de surprise.

— C'est vrai, concéda-t-il d'une voix sensuelle. Tu me remercieras plus tard.

8.

À ces mots, Timoney serra les dents.

Le remercier ? C'était bien la dernière chose dont elle avait envie ! Elle brûlait plutôt de hurler pour libérer enfin la rage qui s'était accumulée en elle et lui faire regretter de la traiter ainsi.

Pourtant, elle ne fit pas un geste, ne prononça pas un seul mot comme il l'emmenait loin de la maison et de son oncle. Car, malgré ce qui s'était passé et malgré ce qu'elle avait affirmé plus tôt, une part d'elle était soulagée qu'il agisse ainsi.

Crete l'avait pratiquement kidnappée. Ce faisant, il la libérait de son engagement envers Julian, de l'emprise de son oncle et des décisions qu'elle avait prises alors qu'elle était perdue dans le brouillard, plus morte que vive.

Et tout cela, sans qu'elle ait à faire quoi que ce soit…

Il avait peut-être raison, en fin de compte : elle devrait le remercier.

Le monde bascula de nouveau, et elle se retrouva debout un court instant avant que Crete l'installe sur le siège de son Range Rover, qu'il avait garé à proximité des écuries.

Refermant la portière, il fit le tour du véhicule et se glissa derrière le volant.

Elle prit soudain conscience qu'elle aurait pu en profiter pour s'échapper. Mais en avait-elle vraiment envie ? Elle n'y avait pas pensé une seconde, estomaquée qu'elle était par le comportement de Crete.

Non seulement il avait débarqué sans prévenir la veille de son mariage, mais il l'avait embrassée et l'avait fait pratiquement hurler de plaisir sur le tapis de cette pièce où elle avait passé son enfance, avant de la kidnapper. Était-ce vraiment l'homme qui avait rompu sans hésitation avec elle en apprenant qu'elle l'aimait ? C'était difficile à croire.

Le moteur de la voiture rugit, la tirant de ses pensées, et elle se dit qu'il était à présent trop tard pour s'échapper.

Il faisait sombre, et la lumière des phares perçait le brouillard avec difficulté.

— C'est ridicule, Crete, déclara-t-elle comme il s'engageait sur la route. D'après toi, que va-t-il se passer ? Tu penses vraiment qu'il te suffit de m'emmener avec toi pour tout régler ? insista-t-elle en s'efforçant de prendre un ton posé.

— Peut-être pas tout, concéda-t-il, mais ça règle au moins le problème le plus urgent. Tu devrais le savoir à présent, Timoney, j'ai un bon sens des priorités.

Il se trompait, car si ça avait vraiment été le cas, il se serait d'abord consacré à l'incendie qui brûlait encore en elle et qui y brûlerait sans doute toujours, peu importe le temps ou la distance. Ces flammes pouvaient faiblir, mais pas s'éteindre.

— Nous savons tous les deux que tu finiras par te lasser de moi, et que me restera-t-il ? C'est toi qui as décidé de rompre et de me chasser de chez toi, lui rappela-t-elle, amère. Tu ne veux pas de moi, pas vraiment. Tu ne supportes simplement pas qu'on te dise non… Tu n'as pas le droit de bouleverser ainsi ma vie ! ajouta-t-elle comme il restait silencieux.

Elle avait envie de hurler et même de fondre en larmes en songeant à tout ce qu'elle avait traversé. Mais elle ne pouvait pas se le permettre. Crete ne devait surtout pas découvrir ce qu'elle ressentait vraiment.

— Il serait temps de passer à autre chose, déclara-t-il soudain, les yeux rivés sur la route. À t'entendre, je me serais débarrassé de toi comme on jette des ordures. Ce n'est pas comme ça que les choses se sont passées.

— Ah bon ? Tu m'as donné deux heures pour rassembler mes affaires. Tes hommes de main m'ont accompagnée.

Il murmura quelque chose en grec mais refusa de croiser son regard.

— Deux heures, répéta-t-elle sèchement. Je n'avais pas besoin de plus pour faire mes bagages, Crete, mais j'aurais eu besoin de plus de temps pour digérer ce qui m'arrivait. Mon amant, l'homme chez qui je vivais, m'avait dit qu'il ne voulait plus jamais me revoir, rappela-t-elle d'une voix tremblante. C'est sans doute difficile à comprendre pour toi, mais ce genre d'annonce est difficile à accepter pour la majorité des gens, du moins, ceux qui ont des sentiments…

Pouvait-on d'ailleurs vraiment dire qu'elle avait accepté cette décision ? Elle avait obéi tout en s'efforçant d'ignorer son cœur brisé. Certes, elle avait survécu, mais à quel prix ? Elle n'était plus que l'ombre d'elle-même, ce qui expliquait sans doute pourquoi elle avait consenti à ce mariage outrageant…

Tournant légèrement la tête, elle étudia l'expression de Crete, sa façon de serrer les lèvres comme s'il se battait contre lui-même pour ne pas admettre qu'il éprouvait quelque chose pour elle, que lui aussi était capable de ressentir ces émotions qui lui faisaient tellement horreur.

Malgré elle, sa détresse la toucha.

C'était bien là que résidait le problème. Elle détestait le faire souffrir ou le mettre mal à l'aise parce qu'elle l'aimait toujours. Son refus d'avouer sa douleur ne signifiait pas qu'il ne la ressentait pas. Et la perspective de le tourmenter ainsi lui était insupportable.

Contrairement à ce qu'affirmaient les contes de fées, l'amour n'était pas nécessairement quelque chose de merveilleux. Il n'apportait pas toujours la joie. Parfois, il semait le chaos et la désolation. Elle-même avait payé le prix fort pour être tombée amoureuse de Crete. Elle le payait d'ailleurs toujours. Ne s'était-elle pas résolue à épouser un homme qu'elle n'aimait pas et qui la méprisait dans l'espoir de tourner enfin la page ?

Fixant des yeux le tableau de bord, elle s'avisa soudain qu'il était minuit passé, et son cœur se serra.

Elle n'aurait jamais imaginé revoir Crete, surtout dans ces conditions. Il était arrivé sans prévenir, lui avait parlé de son enfance, avant de lui faire l'amour comme si cet étrange lien qui les liait ne s'était jamais brisé. Ce lien mystérieux, si puissant et tellement similaire à de l'amour, même s'il refusait de le reconnaître.

Mais les miracles n'existaient pas. Crete n'y croyait même pas. Elle ne pouvait pas se permettre de l'oublier, ils n'avaient aucun avenir ensemble. Elle n'aurait pas dû accepter de le suivre. Elle aurait dû lutter davantage, se débattre pour s'échapper…

Une vague de panique monta en elle, et elle fut soudain tentée d'ouvrir la portière pour se jeter hors de la voiture en marche.

Pourtant, comme ils s'éloignaient de la maison de son enfance, elle commença à se détendre.

Le répit fut cependant de courte durée. À l'approche de Londres, sa nervosité grandit de nouveau.

Crete finirait par se lasser et la quitter comme la dernière fois, même si elle avait envie de croire le contraire. Il allait de nouveau la faire souffrir, c'était une certitude…

— Tu es la seule à m'avoir toujours traité comme un homme normal, déclara-t-il soudain, brisant le silence.

— Tu es unique, Crete, rétorqua-t-elle, mais tu n'es

en effet qu'un homme parfaitement normal. Le contraire serait sans doute plus facile à accepter.

Crete laissa échapper un petit rire qui résonna en elle, accélérant les battements de son cœur.

Qu'est-ce qui n'allait pas chez elle ? Elle ressentait de la pitié et de l'affection pour l'homme qui l'avait kidnappée ! Elle aurait dû le détester, mais elle en était incapable. Elle l'aimait trop.

Malgré elle, elle se mit à contempler ses grandes mains sur le volant.

Il semblait parfaitement détendu alors qu'il conduisait, et elle ne put s'empêcher de l'envier. Les choses auraient été bien plus faciles si sa présence ne l'avait pas autant affectée.

— Tu es au courant que je ne m'appelle pas vraiment Crete, n'est-ce pas ? demanda-t-il, la tirant de ses pensées.

— Non, je l'ignorais. Tu n'aurais pas un jumeau maléfique qui aurait pu t'enfermer quelque part pendant quelques mois ? Tu es le gentil ? s'enquit-elle en penchant la tête. Si c'est le cas, j'ai quelques questions.

Crete lui lança un regard noir avant de reporter son attention sur la route.

— Ma mère avait de nombreux problèmes, mais elle ne m'a pas donné le nom de cette île grecque, d'autant que Crete est un prénom féminin. J'ai reçu un nom masculin à ma naissance : Adrastos Demetrios.

Timoney fronça les sourcils, s'efforçant de se rappeler si elle avait déjà lu cela quelque part. Mais non, aucun article n'avait mentionné ce détail.

Elle ouvrit la bouche pour goûter chaque syllabe de ce nom, mais elle se retint à temps.

— Pourtant, si j'ai bien compris, c'était ainsi qu'elle m'appelait quand j'étais petit. Sans doute parce que c'était l'endroit où elle avait rencontré mon père.

— Penses-tu que ta belle-mère savait que c'était un nom de fille ?

— Non, mais mon père oui, répondit-il avec une grimace. Quant à moi, j'ai dû attendre d'être assez âgé pour l'apprendre. Comme tu peux l'imaginer, le grec n'était pas le bienvenu chez mon père. C'est mon professeur qui m'a expliqué que je portais un prénom de fille. Elle s'attendait à ce que je sois horrifié, mais…

— Tu as toujours aimé surprendre ceux qui t'entourent, le coupa-t-elle.

— J'ai fait changer mon nom à dix-huit ans, et je suis devenu légalement Crete Asgard. C'est la seule chose que mon père m'ait jamais accordée, poursuivit-il d'un air sombre comme s'il souffrait. Il l'a toujours trouvé ridicule, mais j'ai choisi de le porter avec fierté.

Le contraire l'aurait étonnée. C'était ainsi que Crete fonctionnait.

— C'était aussi un défi, continua-t-il, et elle serra les poings pour ne pas poser la main sur sa cuisse pour le réconforter. Un défi que j'avais décidé de relever. Ils pouvaient bien s'en servir pour se moquer de moi et de ma mère, mais ça n'avait aucune importance, car je voulais leur montrer combien ils m'avaient sous-estimé. Et je l'ai fait, conclut-il avec un sourire satisfait.

Timoney retint son souffle, les larmes aux yeux.

L'homme qui se tenait à ses côtés était impitoyable et prêt à tout pour obtenir ce qu'il voulait, mais elle ne pouvait pas s'empêcher de l'aimer.

— Je suis désolée, dit-elle. Je n'arrive pas à croire que même ton prénom soit devenu l'enjeu d'une bataille.

— Tout s'obtient sur un champ de bataille, Timoney. Et j'aime remporter ces combats. C'est ainsi que j'ai toujours fonctionné, jusqu'à ce que je te rencontre.

Cette fois, elle faillit se mettre à pleurer pour de bon.

— Ce n'est pas juste.

— La vie n'est pas juste, dit-il en s'arrêtant pour se tourner vers elle et lui prendre le menton. En amour ou à la guerre, tous les coups sont permis.

— Tu ne crois pas à l'amour, murmura-t-elle.

— C'est vrai, admit-il. J'ai toujours préféré la guerre, de toute façon. C'est plus simple. Il y a les vainqueurs et les vaincus.

— C'est toi qui compliques tout, déclara-t-elle en plongeant son regard dans le sien. Tu aurais pu garder tes distances, Crete. Tu as rompu avec moi pour une bonne raison. Tu aurais pu tourner la page, mais tu ne l'as pas fait. Pourquoi ? Qu'est-ce qui a changé ?

— Rien du tout, affirma-t-il, une étrange lueur passant brièvement dans ses yeux.

La relâchant, il reprit :

— Tu mérites mieux que Julian Browning-Case.

— Et si nous réfléchissions à la situation de façon rationnelle ? proposa-t-elle calmement. Tu m'as pratiquement kidnappée. Tu t'es conduit comme un homme des cavernes.

— Les hommes des cavernes conduisent des Range Rover ? Je l'ignorais.

— Je ne nierai pas qu'il y a quelque chose entre nous, mais imaginons que je reste avec toi. Tôt ou tard, tu finiras par te lasser de moi, et je serai forcée de retourner chez mon oncle. Julian sera sans doute passé à autre chose.

— Tant mieux.

— Julian n'est pas le problème, soupira-t-elle. Si je ne me marie pas demain, mon oncle me reniera.

— Ce serait vraiment si grave ? Je suis navré de ne pas me montrer compatissant, continua-t-il comme elle pinçait les lèvres, mais il te suffit d'attendre quelques années pour avoir accès à ton héritage. N'est-ce pas ainsi que vivent les jeunes femmes de ton milieu ?

— Tu parles d'argent, mais il s'agit de ma famille.

— Tu ne les aimes pas, rétorqua-t-il, visiblement surpris par sa remarque.

— Quel est le rapport ? Ma tante a ses bons côtés, et mes cousines sont… charmantes.

Elle hésita un instant avant de poursuivre. Crete s'était montré honnête. Elle devait en faire autant.

— En fait, ils sont la seule famille qui me reste.

Crete secoua la tête et se remit en route.

— Je sais que tu as du mal à comprendre la notion de famille. Je ne m'attends d'ailleurs pas à ce que tu approuves ma décision, ajouta-t-elle rapidement, mais il faut que tu saches que j'aimais profondément mes parents. Et ils m'aimaient. Ils auraient voulu que je fasse mon possible pour préserver ma relation avec mon oncle.

— Si tes parents t'aimaient autant que tu le dis, tu penses qu'ils auraient accepté que ton oncle te vende à l'un de ses vieux amis ? répliqua-t-il froidement. Un homme qui n'a pas peur de t'informer qu'il ne t'épouse que pour te mettre dans son lit. Est-ce vraiment ce qu'ils auraient voulu pour toi ?

— Mes parents auraient voulu mon bonheur, affirma-t-elle doucement. C'est ce que j'essaie de te faire comprendre, Crete. Que je retourne auprès de Julian ou que je passe quelques semaines avec toi avant d'épouser quelqu'un d'autre, le résultat est le même. Je ne suis pas heureuse et je ne le serai jamais parce que tu ne peux pas me donner ce que je veux. Tu as été très clair là-dessus.

— Tu ne peux pas en être si sûre, déclara Crete en accélérant.

— Je le sais, soupira-t-elle. Tu ne crois pas à l'amour, et je n'ai pas l'intention de me battre avec toi. Nous sommes incompatibles, Crete. Tu devrais t'en rendre compte.

— Que nous soyons compatibles ou non n'a aucune importance si tu portes mon enfant.

— Et si ce n'est pas le cas ? demanda-t-elle d'un ton prudent.

— Tu finiras par comprendre que je t'ai rendu service et tu me remercieras, répondit-il avec arrogance. Tu n'as pas besoin de partager le lit de cet homme.

— Mais je ne serai pas heureuse pour autant, commenta-t-elle, les yeux rivés sur la route.

Crete émit un son étranglé, mélange de surprise et de colère.

— Serais-tu en train de suggérer que tu serais plus heureuse avec ce porc ?

— Julian risque de me faire souffrir d'une manière ou d'une autre, mais il ne pourra jamais me briser le cœur.

— Je crois que tu le sous-estimes !

— Mais toi, poursuivit-elle comme s'il n'avait rien dit, tu veux me ramener avec toi afin que nous reprenions là où nous en sommes restés, mais à quel prix ? Je t'ai donné mon cœur, Crete. J'ai essayé de t'aimer assez pour nous deux, mais j'ai échoué. Pourquoi devrais-je m'infliger ça ?

Crete serra les dents et prit un instant avant de répondre.

— Nous devrions peut-être attendre de savoir si tu es enceinte pour poursuivre cette conversation. Tu aurais alors toutes les réponses à tes questions.

— Tu ne m'as même pas demandé si je voulais avoir des enfants ou même porter le tien, fit-elle remarquer. Qu'as-tu l'intention de faire, au juste ? M'envoyer sur l'une de tes îles privées et m'y cacher pour éviter de songer à nous ?

— Pourquoi ferais-je une chose pareille ? Je n'arrête pas de penser à toi, quoi que je fasse !

À ces mots, elle sentit son cœur se serrer.

Si seulement elle avait pu s'en satisfaire !

Autrefois, elle aurait sans doute été ravie de découvrir qu'elle l'affectait autant, mais la situation avait changé, elle avait changé. Elle avait besoin qu'il lui avoue ses sentiments, qu'il reconnaisse qu'il l'aimait autant qu'elle l'aimait, passionnément, à la folie. C'était la seule solution, elle ne pouvait pas se contenter de moins.

Crete la désirait, mais ce n'était pas suffisant pour s'assurer qu'il ne la quitterait jamais.

Fermant les yeux, elle se laissa bercer par le mouvement de la voiture.

Avec un peu de chance, elle finirait par s'endormir et à rêver à la vie parfaite, celle qu'elle n'aurait jamais, celle où l'amour qu'elle portait à cet homme lui suffisait.

Las ! le seul miracle dont elle devrait se contenter en ce matin de Noël était de se retrouver en sa présence, son corps vibrant d'énergie et brûlant de passion comme avant qu'il lui brise le cœur.

9.

Crete se sentait quelque peu insulté que Timoney se soit endormie en sa présence. Elle aurait dû rester éveillée, le corps frémissant d'excitation à l'idée de retourner à Londres.

Lui-même, il avait l'impression que de la lave en fusion lui coulait dans les veines depuis leurs retrouvailles.

Arrivé à destination, il refusa l'aide d'un employé et transporta Timoney jusqu'à son ascenseur privé. Il l'emmena ensuite à son appartement tout en s'efforçant d'ignorer les battements précipités de son cœur qui s'emballait de l'avoir dans ses bras.

Lorsqu'il la déposa sur un canapé, ses paupières tressaillirent, et elle s'éveilla. Sans un mot, elle se leva et traversa la pièce sans allumer.

Il suivit des yeux, fasciné, sa cape rouge qui flottait derrière elle comme elle s'approchait des grandes fenêtres offrant une vue magnifique sur la ville.

Décidément, cela devenait une habitude. Il la contemplait, incapable de détourner le regard, alors qu'elle semblait se moquer de sa présence.

— C'est sans doute le plus beau panorama de tout Londres, déclara-t-elle en se tournant enfin vers lui.

Il la rejoignit.

— Bien sûr que ça l'est. Crois-tu que j'accepterais autre chose ?

Elle sourit, et il fronça les sourcils. Elle semblait étrangement triste…

— Je suis certaine que tu as dépensé beaucoup d'argent pour acquérir cet endroit, mais tu n'en profites pas souvent, n'est-ce pas ?

L'attirant à lui, il demanda :

— Est-ce une autre de tes métaphores, Timoney ? Je suis fatigué de ces petits jeux. Nous savons tous les deux ce qui nous lie, et je ne comprends pas pourquoi tu t'obstines à le nier. C'est le jour de Noël, continua-t-il, et tu es ici avec moi. S'il faut que je t'attache au lit pour t'empêcher d'aller te marier, je le ferai. Je serais même ravi de le faire, ajouta-t-il de sa voix la plus sensuelle.

— Tu n'as pas besoin de m'attacher, déclara-t-elle d'un ton étrange.

D'ordinaire, il était capable de deviner les intentions de son interlocuteur grâce à ses gestes ou aux mots qu'il employait, mais Timoney était différente. Elle ne cessait de le surprendre.

— Tu en es sûre ? insista-t-il en l'étudiant avec attention.

La lune se reflétait sur sa chevelure, et il se mit à jouer avec une mèche de ses cheveux, s'émerveillant de sa douceur avant de libérer les autres.

Timoney était belle, si belle qu'elle semblait venir d'un autre monde. Elle était la tentation incarnée, et il n'était pas homme à résister à une telle invitation.

— Je suis ici avec toi, oui, dit-elle, le tirant de ses pensées. Tu m'as bien fait comprendre que tu ne me laisserais pas repartir. Alors, pourquoi tenterais-je de fuir ? s'enquit-elle en levant le menton avec un air de défi.

Sans la quitter des yeux, il lui caressa lentement la nuque, et elle trembla imperceptiblement, comme si elle cherchait à lui cacher l'effet qu'il avait sur elle.

Malgré lui, sa réaction le décevait. Autrefois, elle était

toujours parfaitement lisible pour lui, frémissant, tremblant et criant de plaisir quand il explorait son corps. À présent, elle avait changé… Et il en était responsable.

— Nous devrions pouvoir trouver de quoi nous occuper, déclara-t-il, obsédé par le désir qui lui brûlait les veines.

— C'est vraiment tout ce que tu veux ? demanda-t-elle avec un sourire triste.

Mais que diable lui arrivait-il ? C'était à croire qu'elle cherchait à le tester, comme lorsqu'elle l'avait enjoint à parler de son enfance.

La différence était que, cette fois-ci, il n'était pas sûr de pouvoir l'emporter. Il avait du mal à réfléchir, sa présence lui rappelait trop de souvenirs…

— Tu as enfreint les règles, dit-il, regrettant aussitôt ses paroles.

Il aurait mieux fait de garder ça pour lui comme lorsqu'ils vivaient ensemble.

— Je n'ai pas pour habitude de me donner en spectacle. C'est trop risqué, je n'ai aucune envie de faire la une des tabloïds. Mais quand je t'ai vue, j'ai perdu toute prudence.

Elle ouvrit la bouche, mais aucun son n'en sortit.

Ce qui était aussi bien. Il avait tant à lui dire, et il était trop tard pour revenir en arrière.

— Je fais toujours vérifier les antécédents des femmes que je ramène ici, mais toi, Timoney, je t'ai laissée emménager en quelques jours alors que je ne savais pratiquement rien de toi. Cet appartement est fait pour me rendre la vie plus facile, poursuivit-il, incapable de s'arrêter. Je vais travailler, et quand je rentre, je peux me détendre et prendre du bon temps, mais toi… tu n'as pas respecté ces limites. Tu as… Tu t'es fait une place.

— Je suppose que c'est vrai, concéda-t-elle, mais je n'avais pas le choix. Cet endroit est insensé.

— C'est pourtant l'une des propriétés les plus en vue de Londres…

— C'est insensé, répéta-t-elle plus fort. Et pas uniquement parce que tu t'en sers comme garçonnière pour t'amuser avec tes maîtresses. C'est pratiquement une prison avec tout ce béton et ce métal. C'est tellement froid, ajouta-t-elle en regardant autour d'elle. Aucune personne normale n'aurait envie de vivre ici. Mais je suppose que c'est fait exprès ?

Malgré lui, sa remarque le vexa. Ce n'était pourtant pas la première fois que quelqu'un sous-entendait qu'il n'était pas assez aimable ou chaleureux, mais que Timoney le traite ainsi…

Il fallait qu'elle comprenne ce qu'il avait ressenti durant ces quelques mois, combien il lui avait été difficile de se concentrer sur son travail, combien de rendez-vous il avait annulés ou reportés afin de rentrer plus vite la retrouver.

Il avait changé de mode de vie et même de fonctionnement, sans pouvoir s'en empêcher. Pire, il n'en avait même pas eu envie. Et lorsqu'elle lui avait avoué ses sentiments, une part de lui qui n'aurait jamais dû exister s'en était réjouie.

Elle n'avait pourtant rien de la compagne idéale. Elle laissait traîner ses affaires, et la vaisselle sale dans l'évier, semant le désordre dans son existence bien ordonnée. Cependant, l'appartement lui avait semblé vide et triste quand elle était partie…

— Je n'aime pas le désordre, déclara-t-il froidement, et je n'aime pas les complications.

— Je croyais pourtant que tu aimais la guerre ? lui rappela-t-elle d'un air amusé. Et la guerre amène le chaos.

— Ça dépend du camp dans lequel tu te trouves, répondit-il en la prenant par les épaules. Le problème, avec toi, c'est que tu n'es jamais restée à ta place.

— Je prends ça pour un compliment, rétorqua-t-elle, les yeux scintillant d'un éclat dangereux. À l'époque, j'étais bien trop amoureuse pour t'expliquer qu'aucune femme n'aimerait être traitée de cette façon.

— Tu ne t'en es jamais plainte.

— C'est vrai, soupira-t-elle, mais j'avais parfaitement conscience que je n'étais pas à ma place. Et ça n'a pas changé, continua-t-elle en secouant la tête. Tu finiras par trouver que je prends trop de place, et nous nous retrouverons au point de départ. Pourquoi tiens-tu autant à nous faire revivre ça ?

— J'ai eu envie de rompre avec toi dès le début, annonça-t-il gravement. Je rentrais chaque soir avec l'intention de le faire, afin de retrouver une vie normale. Je te l'ai déjà dit, je n'aime pas les complications. J'aime que tout se déroule comme je l'ai prévu…

— C'est sans doute ce qui t'a convaincu de débarquer chez moi pour me kidnapper ?

— Mais je ne l'ai pas fait, reprit-il comme si elle ne l'avait pas coupé. Tu ne comprends donc pas, Timoney ? Tu as enfreint toutes les règles.

Il attendit une réaction, en vain. Elle se contenta de lui adresser ce même sourire triste.

Il perdit patience. L'attirant à lui, il prit sa bouche et l'embrassa encore et encore, jusqu'à ce qu'elle oublie tout le reste et s'abandonne enfin à lui.

Après l'avoir entraînée sur le canapé, il s'interrompit un instant pour reprendre son souffle, le cœur tambourinant dans sa poitrine comme s'il avait couru un marathon.

Timoney lui adressa alors un véritable sourire, empli de passion et de désir, et il se détendit enfin.

Il avait gagné : elle était de nouveau à lui !

Sans perdre une seconde, il la déshabilla jusqu'à ce

qu'elle soit totalement nue, exactement comme dans ses rêves.

— À ton tour, murmura-t-elle avec impatience en s'attaquant à son manteau.

Enfin, après ce qui lui sembla une éternité, le reste des vêtements qui les séparaient tomba, et il n'y eut plus que son corps contre le sien : elle avait enfin repris la place qui lui revenait de droit entre ses bras.

Son parfum floral l'enveloppa, et sa chaleur lui arracha un grognement de béatitude quand il la pénétra, entamant un irrépressible mouvement de va-et-vient.

Le faisant basculer, Timoney le chevaucha, accélérant le rythme avant de ralentir un instant plus tard, l'amenant toujours plus près du précipice.

Jeu ou vengeance ? Peu importait.

L'espace d'un instant, il envisagea de la faire basculer à son tour pour la dompter, mais il y renonça, préférant taquiner ses mamelons durcis tandis qu'elle gémissait doucement.

L'attirant à lui, il prit sa bouche tout en l'encourageant à les mener tous deux vers l'orgasme.

Elle se raidit soudain et se cambra en criant son nom avant de retomber contre lui, et il s'autorisa à son tour à laisser la jouissance l'emporter.

Mais il n'en avait pas encore fini avec elle.

La serrant dans ses bras, il attendit que les battements de leurs cœurs se calment avant de la soulever et de la porter dans la salle de bains.

Il la prit dans la baignoire, puis dans la chambre après l'avoir attachée au lit comme il avait menacé de le faire.

Timoney jouit encore et encore, s'abandonnant au plaisir, avant de sombrer enfin dans un sommeil sans rémission.

Allongé à ses côtés, il la regarda dormir.

Une part de lui craignait encore que ce ne soit qu'un

rêve, qu'il n'ait jamais quitté son appartement pour aller chercher Timoney et qu'elle ne soit plus qu'à quelques heures de son mariage avec ce crétin de Browning-Case.

Aussi préférait-il rester éveillé pour se prouver qu'il ne rêvait pas et qu'elle était bel et bien là, dans son lit, à sa place.

10.

Timoney s'éveilla d'un sommeil profond mais se refusa à ouvrir les yeux tout de suite.

Ces deux derniers mois, elle avait souvent rêvé qu'elle était de retour dans cet appartement, et surtout dans ce lit, emmitouflée dans le duvet moelleux, le parfum viril de Crete l'enveloppant et la faisant frémir de plaisir au réveil.

Et ce jour était enfin venu !

Ouvrant un œil, elle vit qu'il avait quitté le lit et qu'il faisait encore noir à l'extérieur, et elle en profita pour étudier le décor qui l'entourait.

Rien n'avait changé. La chambre était toujours aussi spartiate, l'immense lit aux draps gris trônant au centre de la pièce, devant le panorama magnifique sur Londres.

Lors de son dernier séjour, elle avait eu l'impression de vivre dans une cabane, la seule différence étant que celle-ci n'était pas faite de bois mais de béton. Quant aux arbres, les immeubles londoniens les avaient remplacés.

Elle ne s'y était pas sentie à sa place, mais elle avait fait un effort, puisque c'était ainsi que vivait Crete. Elle aurait d'ailleurs été prête à faire n'importe quoi, y compris à s'installer dans un minuscule appartement ou même une grotte s'il le lui avait demandé. Tant qu'elle pouvait vivre avec lui et lui faire l'amour, le reste n'avait aucune importance.

Sa conduite aurait sans doute dû l'embarrasser. Elle

s'était pliée à la moindre de ses exigences sans rien exiger en retour, si ce n'est son attention…

Enfin, non, ce n'était pas tout à fait exact.

À l'époque, elle s'était convaincue qu'elle avait le pouvoir de le faire changer. Elle avait dansé entièrement nue sur le canapé pour le faire sourire, avait sali des dizaines de plats dans sa cuisine immaculée, s'amusant de sa réaction, et avait même peint le mur de son bureau de couleurs vives afin d'amener de la vie dans son univers tout en grisaille.

Elle n'avait jamais imaginé qu'il puisse rompre avec elle. « Tu n'es décidément qu'une ingénue », lui avait-il dit un jour, d'un ton indiquant clairement que ce n'était pas un compliment. Mais elle s'était contentée d'éclater de rire. « Tu veux vraiment que je te montre ce que je sais faire ? » lui avait-elle rétorqué d'un air mutin.

Chassant ces souvenirs, elle se leva et descendit de la plate-forme supportant le lit.

« C'est pratiquement un trône, avait-elle observé, un trône pour dormir ? Quelle drôle d'idée. » « Pas pour dormir », avait-il rétorqué, avant de lui faire l'amour encore et encore jusqu'à ce qu'elle manque devenir folle.

Il lui suffisait d'ailleurs d'y penser pour frissonner.

S'emmitouflant dans une couverture, elle traversa l'appartement pour gagner le bureau de Crete.

Las ! il n'y était pas.

Levant les yeux, elle s'avisa cependant qu'il n'avait pas pris la peine de repeindre son œuvre. Elle s'était pourtant attendue à ce qu'il l'ait fait recouvrir aussitôt après leur rupture…

Secouant la tête, elle continua ses recherches, le cœur battant.

Avait-il déjà changé d'avis comme elle l'avait craint ? Sa décision n'aurait rien de surprenant, mais elle n'en serait pas moins douloureuse et brutale. Il ne lui aurait donc fallu que quelques heures pour se lasser d'elle et conclure qu'il n'avait pas besoin d'elle.

Peut-être était-il déjà en train de préparer sa voiture pour la ramener dans l'Oxfordshire à Julian Browning-Case…

Elle frissonna d'effroi.

Elle n'avait aucune envie de se retrouver liée à cet homme qui ne s'intéressait qu'à son corps et qui exigerait de partager son lit tout en la méprisant. Après les instants qu'elle venait de passer avec Crete, cette perspective lui était insoutenable.

La veille, elle avait essayé de se convaincre que le vide laissé par Crete l'aiderait à supporter les attentions de Julian. Ensuite, après qu'ils avaient fait l'amour à même le sol, elle s'était répété que ce merveilleux souvenir lui servirait de diversion lorsque Julian serait dans son lit. Mais à présent…

Comment avait-elle pu croire qu'elle pourrait endurer cela ? Avait-elle inconsciemment cherché à se punir pour avoir cru que peindre un mur lui assurerait l'amour d'un homme qui ne croyait pas à ce sentiment ou pour être tombée amoureuse de lui alors que seul le sexe l'intéressait ? Ou pour savoir qu'elle aurait déçu ses parents qui ne voulaient que son bonheur et espéraient la voir heureuse et épanouie ? À moins que ce ne soit pour avoir commis une erreur qui aurait pu être évitée si elle n'avait pas été aussi stupide ?

La mort de ses parents aurait dû lui faire comprendre que la vie était courte et que tout pouvait basculer en une seconde. Elle aurait dû se douter que sa liaison avec Crete ne pouvait pas durer. La douleur d'avoir perdu son foyer et sa famille aurait dû la protéger d'elle-même et de ses illusions puériles. Son amour pour Crete ne pouvait pas les sauver. Ils n'avaient aucun avenir ensemble.

Tournant les talons, elle repartait vers la chambre quand elle avisa soudain Crete sur la terrasse. Vêtu seulement d'un pantalon noir, il se tenait dans la partie vitrée, là où étaient installés le jacuzzi et le sauna. Il lui tournait le dos, contemplant la ville illuminée.

Resserrant la couverture autour d'elle, elle ouvrit la porte-fenêtre pour le rejoindre et le vit se tendre aussitôt.

Incapable de détourner les yeux, elle contempla son corps ferme et musclé, et une vague de désir la submergea.

— Tu n'es pas un kidnappeur très doué, déclara-t-elle comme il lui tournait obstinément le dos. Tu m'as laissée seule. J'aurais pu m'enfuir.

Elle ne s'attendait certes pas à ce qu'il éclate de rire, mais son silence l'inquiéta.

— Est-ce que tu as envie de t'échapper ? demanda-t-il sombrement. As-tu des doutes, ou as-tu décidé de te sacrifier pour satisfaire la cupidité de deux vieux fous ? Je suis désolé de te décevoir, continua-t-il sans lui laisser le temps de répondre, mais tu ne vas pas épouser Browning-Case. Ni aujourd'hui, ni demain, ni aucun autre jour, ajouta-t-il en serrant les poings à s'en faire blanchir les phalanges.

Il semblait tellement sérieux, tellement morose…

Elle eut envie de lui dire qu'elle avait changé d'avis, de lui confier pourquoi elle en était arrivée là, et également de lui demander pourquoi il n'avait pas repeint ce mur, mais elle en fut incapable.

C'était ridicule. Crete lui avait brisé le cœur. Elle lui avait offert son corps et son âme, et il l'avait rejetée sans hésiter. Il l'avait fait souffrir plus que quiconque avant lui.

Se mordant la lèvre, elle attendit en silence.

— Nous devrions nous marier, dit-il enfin d'une voix étranglée, comme s'il se forçait à parler.

— Qu'est-ce que tu as dit ?

Crete sembla tressaillir comme s'il souffrait vraiment.

— Nous devrions nous marier. Ça nous permettrait

de mettre un terme à cette histoire. Si tu dois te retrouver attachée à un homme, pourquoi pas à moi ?

Elle n'arrivait pas à réfléchir. Ce n'était pas possible, elle devait avoir mal compris. Crete ne pouvait pas lui avoir demandé de…

— Crete, je…

Elle s'interrompit, incapable de continuer.

Il semblait à l'agonie, mais une part d'elle se rappelait celle qu'elle était deux mois plus tôt. Cette fille éperdument amoureuse qui s'était naïvement convaincue que leur liaison déboucherait sur un mariage, qu'il ne pouvait pas en être autrement.

Malgré ce qui s'était passé, cette ingénue était toujours quelque part en elle. Elle aimait Crete et voulait lui appartenir. Elle ne rêvait rien tant que de se jeter dans ses bras sans s'inquiéter de ce qu'il lui avait confié de sa vision de l'amour.

— C'est ce que tu veux, n'est-ce pas ? demanda-t-il avec une grimace. Si je t'épouse, tu n'auras plus à t'inquiéter de la réaction de ton oncle. Peu importe qu'il accepte ou non notre mariage, tu ne dépendras plus de lui, et tu pourras tenter de te rapprocher de ta tante et de tes cousines si tu le souhaites. Il n'aura rien à dire.

— Pourquoi…, dit-elle, la gorge serrée. Pourquoi ferais-tu une chose pareille ?

— Et tu pourras toucher ton héritage d'ici quelques années, continua-t-il comme si elle n'avait rien dit.

— Dans cinq ans, précisa-t-elle. C'est long, cinq ans, Crete.

— Peu importe, rétorqua-t-il d'une voix monotone qui la remplit d'effroi. M'épouser résoudra tous tes problèmes.

— Je dois sûrement être en train de rêver, murmura-t-elle en étudiant son visage.

Il semblait si loin d'elle, presque intouchable, en souffrance…

— J'ai souvent rêvé de cet instant, continua-t-elle dans l'espoir qu'il daigne enfin croiser son regard. Et je vais te dire exactement ce que je me répétais quand je me réveillais. Tu n'as pas envie de m'épouser, Crete, et jouer les martyrs ne te ressemble pas.

Les lèvres de Crete s'étirèrent en un sourire qui tenait davantage de la grimace.

— On m'a traité de nombreux noms, mais pas encore de martyr.

— Alors, pourquoi prétends-tu vouloir m'épouser ? s'enquit-elle, le cœur battant.

— Si c'est ce que je dois faire, alors c'est ce que je ferai, déclara-t-il fermement.

Elle étudia longuement son visage mais finit par reporter son attention sur la ville qui étincelait sous leurs yeux.

Son cœur battait douloureusement dans sa poitrine, et elle avait du mal à respirer.

Elle aurait tant aimé pouvoir dire oui !

La douleur était intolérable. Elle s'attendait à ce qu'il lui brise le cœur. Elle avait toujours su que ce moment viendrait quand il l'avait pratiquement kidnappée, mais elle ne s'était pas imaginé qu'il irait jusque-là.

Elle avait envie de fondre en larmes et de se recroqueviller sur le sol, mais elle ne pouvait pas se le permettre. Pas encore…

— Merci pour cette offre, dit-elle en se redressant, mais je ne peux pas accepter.

À ces mots, Crete se tourna enfin vers elle.

— Tu ne peux pas accepter ? répéta-t-il, l'air incrédule.

— Non. Je n'ai pas l'intention de t'épouser, Crete.

— Pourquoi pas ? demanda-t-il avec arrogance.

Il la sommait de s'expliquer, simplement parce qu'il ne supportait pas que quiconque lui dise non !

L'espace d'un instant, elle faillit se mettre à hurler. Ses

émotions tourbillonnaient en elle, menaçant de la rendre folle.

— Nous n'avons jamais parlé de Noël, fit-elle remarquer en reportant son attention sur la ville. Ce n'est qu'une supposition, mais j'ai l'impression que tu n'apprécies pas vraiment cette fête. Ton appartement n'est même pas décoré…

— Je déteste Noël, affirma-t-il, ainsi que toutes ces fêtes que les gens se sentent obligés de célébrer. Ne me dis pas que tu n'as jamais remarqué que les gens deviennent complètement stupides en fin d'année ! Ils dépensent des fortunes en cadeaux et en décoration et se disputent pour des broutilles !

Elle ne put s'empêcher de sourire.

— On se laisse facilement dépasser par l'ambiance, les lumières ou la course aux cadeaux, concéda-t-elle.

— Dois-je comprendre que tu aimerais que je t'offre quelque chose ? s'enquit-il en plissant les yeux. As-tu donc oublié qui je suis ? Je peux t'offrir une île ou de l'argent, ce que tu veux, je m'en moque.

— Je ne veux pas de cadeaux, dit-elle en secouant la tête. Tu ne comprends pas ce que Noël représente, Crete, et je pense que tu ne le comprendras jamais. C'était mon jour préféré quand mes parents étaient encore en vie, expliqua-t-elle avec un sourire. Nous passions la journée ensemble à écouter des chants de Noël et à griller des guimauves dans la cheminée. On jouait à des jeux avant de déguster un repas fait maison. C'était merveilleux.

— Dis-moi ce que tu veux manger, et je le ferai servir, rétorqua-t-il.

Elle retint un soupir.

Elle aurait dû se douter qu'il réagirait ainsi. Crete était riche. Il avait les moyens d'acheter n'importe quel restaurant de la ville ou de les forcer à ouvrir et à cuisiner pour lui. Il pouvait lui offrir tout ce dont elle rêvait. Enfin, presque tout…

— Quand j'ai accepté d'épouser Julian, j'ai réussi à me convaincre que ce que je ressentais n'avait aucune importance. J'avais déjà tant souffert, je pouvais tout aussi bien devenir sa femme. J'étais sur le point de commettre l'une des pires erreurs de toute ma vie, et c'est toi qui m'en as empêchée. Tu m'as sauvée, Crete, ajouta-t-elle en plongeant les yeux dans les siens, et je t'en serai éternellement reconnaissante, mais…

Elle s'interrompit un instant avant de reprendre.

— L'argent ne fait pas le bonheur, quoi que tu puisses en penser. Je me moque de ce que tu peux m'acheter. Ce qui m'intéresse, c'est ce que tu ressens.

— Timoney…

— Or, tu ne crois pas en l'amour, le coupa-t-elle. Tu refuses d'y croire. Tu ne peux même pas envisager la possibilité de m'aimer, et nous savons tous les deux que tu finiras par me détester.

— C'est faux. Tu ne peux pas l'affirmer alors que tu n'as aucune preuve que…

— Arrête de te voiler la face, l'interrompit-elle de nouveau.

Il referma la bouche et fronça les sourcils comme s'il cherchait un argument pour la convaincre.

— Tu finiras par me détester, répéta-t-elle d'une voix tremblante.

Une part d'elle rêvait qu'il la contredise, qu'il lui dise que c'était impossible, mais il n'en fit rien. Et son silence lui brisa le cœur.

Combien de fois allait-il la faire souffrir ainsi ?

— Tu finiras par accepter, Timoney, je te l'assure, déclara-t-il en la soulevant dans ses bras pour la ramener à l'intérieur.

La déposant sur le lit, il la contempla un instant, la faisant frémir d'anticipation.

— Tu finiras par accepter, répéta-t-il en la pénétrant d'un mouvement fluide.

— Jamais, Crete, soupira-t-elle en nouant les jambes autour de sa taille. Mais je te dirai adieu du mieux que je peux.

Elle s'abandonna à lui, lui offrant son corps, son cœur et même son âme.

La réalité ne manquerait pas de reprendre ses droits, mais pour l'instant, le reste du monde n'existait pas. Il n'y avait que Crete, qui l'emmenait toujours plus haut et toujours plus loin…

11.

Crete n'avait pas fermé l'œil de la nuit. Il en était incapable. De temps à autre, Timoney murmurait quelques mots dans son sommeil, se calmant dès qu'il la serrait contre lui pour esquisser un sourire qui lui serrait la poitrine.

Excédé, il finit par se lever, la quittant à regret.

Dehors, l'aube commençait à poindre, teintant le ciel de reflets rosés.

S'arrêtant devant la baie vitrée, il contempla le spectacle de la métropole londonienne avant de secouer la tête.

Que diable lui arrivait-il ? Pourquoi se montrait-il aussi sentimental ? Ça ne lui ressemblait pas du tout.

Retenant un juron, il prit une rapide douche froide et enfila un pantalon avant de se réfugier dans son bureau.

C'était dans cette pièce qu'il avait pris la décision d'aller chercher Timoney, si l'on pouvait vraiment dire les choses comme ça…

Il aurait dû se concentrer sur les dizaines de projets différents qui requéraient son attention, mais il en était incapable. Pour une raison inconnue, son travail ne le passionnait plus autant.

Dès ses dix-huit ans, il s'était dévoué corps et âme à sa future carrière. Il voulait réussir afin de prouver à son père et au reste du monde qu'ils s'étaient trompés à son sujet, et il avait atteint son objectif. Il avait de l'ambition et s'était donné les moyens d'obtenir ce qu'il voulait. Le reste avait peu d'importance… Jusqu'à sa rencontre avec Timoney.

Irrité par la tournure que prenaient ses pensées, il s'installa à son bureau mais renonça à étudier les dossiers qui s'y amoncelaient. Il ne vérifia pas non plus ses messages malgré le témoin lumineux de son répondeur signalant qu'il en avait plusieurs. Pas plus qu'il n'alluma son ordinateur.

Non, il se contenta de fixer sans le voir le mur qui lui faisait face, celui que Timoney avait peinturluré alors qu'il l'avait délibérément laissé vide de toute décoration afin d'éviter toute distraction.

Ce soir-là, il revenait d'une conférence à Berlin. Il avait ordonné à son chauffeur de faire au plus vite, tant il était pressé de la retrouver.

En rentrant, il l'avait découverte dans son bureau et n'avait pas manqué de lui signifier combien sa présence en ces lieux lui déplaisait et combien son « œuvre d'art » détonnait avec le reste du décor.

Loin de se décourager, elle lui avait souri.

— Tu devrais te détendre et mettre un peu de couleur dans ta vie, Crete, avait-elle déclaré.

Son assurance l'avait étonné autant qu'elle l'avait séduit.

— Il y a des limites à ne pas dépasser, Timoney, avait-il rétorqué d'une voix rauque.

— Tu devrais peut-être me les enseigner ? avait-elle dit alors d'un ton mutin.

Et il s'était fait une joie de s'exécuter encore et encore jusqu'à la faire hurler de plaisir.

Après son départ, ses employés lui avaient proposé de repeindre le mur, mais il n'avait pas pu s'y résoudre… tout en refusant de s'interroger sur les raisons de son refus. Il était simplement passé à autre chose et avait tourné la page.

Mais l'avait-il vraiment fait ?

Malgré lui, il revint au présent et regarda le mur.

C'était une « œuvre » abstraite, comme si Timoney avait voulu éclabousser le mur, faisant quelques taches d'un rouge criard ou d'un jaune éblouissant et traçant des arcs d'un bleu vibrant là où bon lui semblait.

Un véritable carnage.

Se levant d'un bond, il alla se placer devant la fenêtre.

Le panorama sur Londres était incroyable. C'était d'ailleurs l'un des atouts majeurs de l'appartement et l'une des raisons qui l'avaient poussé à l'acheter. L'immeuble lui-même était l'un des plus prestigieux de la capitale, mais, pour une fois, il comprit ce que Timoney avait voulu dire.

« Tu es l'un des hommes les plus riches du monde. Tu peux avoir tout ce que tu veux. Alors, pourquoi choisis-tu de vivre dans cette prison ? »

Secouant la tête, il se détourna, mais ces mots continuèrent de résonner en lui comme il déambulait dans l'appartement.

La plupart des pièces étaient pratiquement vides, meublées avec parcimonie de pièces sobres et élégantes, et décorées d'œuvres d'art hors de prix. Tous ces objets – meubles et tableaux – avaient été choisis parce qu'ils valaient une fortune, et non parce qu'il les appréciait particulièrement. Il ne les contemplait jamais. Ils convenaient simplement au mode de vie qu'il s'était choisi.

Le mur peint par Timoney, lui, était différent. Il n'arrivait pas à en détourner les yeux, bien qu'il jure avec le reste de son appartement. N'importe quel décorateur d'intérieur aurait sans doute proposé de le recouvrir au plus vite, mais…

Ces dernières semaines, il avait tenté de se convaincre que, s'il avait empêché ses employés de le repeindre, c'était pour se rappeler jusqu'où il était allé pour Timoney et afin de ne jamais oublier qu'il avait été sur le point de trahir l'homme qu'il était pour une femme… Exactement comme son père. Ce père qu'il détestait et à qui il n'avait toujours pas pardonné son geste.

C'était sans doute là le nœud du problème. Il avait beau se répéter qu'il finissait toujours par obtenir ce qu'il voulait, il n'en demeurait pas moins qu'il était prisonnier de lui-même, de ses choix, de son passé. Il avait une vie de rêve. Pourquoi s'encombrer de choses aussi futiles que l'amour ? Les sentiments étaient une faiblesse dont il valait mieux se débarrasser au plus vite afin d'éviter de souffrir. Il l'avait appris à ses dépens quand il n'était encore qu'un enfant. En perdant sa mère, il avait perdu son foyer, ses illusions, ainsi que son nom et même son cœur. Il s'était endurci, se jurant de ne plus jamais se retrouver dans une telle situation.

Son décorateur lui avait assuré que son appartement était aménagé avec goût et que les pièces sélectionnées pour le meubler et le décorer étaient à la fois prestigieuses, raffinées et sophistiquées, mais il s'en moquait bien. Tout ce qui l'intéressait, c'était de montrer au reste du monde qu'il avait les moyens de s'offrir ce qu'il y avait de mieux. C'était sa façon de prouver à ses détracteurs qu'ils avaient beau le détester et le critiquer, il avait réussi et n'était pas près de disparaître de sitôt de leur horizon.

Las ! ce faisant, il était tombé dans un piège. Son appartement était devenu une prison, sa vie même en était une. Il devait quitter cette prison une fois pour toutes et obtenir enfin ce dont il s'était volontairement privé durant des années en se convainquant qu'il n'en avait ni besoin ni envie.

Sa rencontre avec Timoney l'avait changé. Elle était arrivée dans sa vie comme une bouffée d'air frais. Elle avait abattu les défenses qu'il avait érigées, forçant des serrures dont il avait ignoré l'existence. Après son départ, il avait remis les barricades en place, les fixant encore plus solidement qu'avant, mais il n'avait pas eu le cœur d'effacer les taches de couleur qu'elle avait semées dans sa vie.

Contemplant le lever du soleil, il serra les poings.

L'arrivée d'une nouvelle journée était synonyme de renouveau et d'espoir… Comme Timoney.

C'était grâce à elle qu'il avait enfin compris que la vie qu'il s'était construite et dont il était si fier était une malédiction, une cellule sombre où il s'était enfermé sans même s'en rendre compte.

Espoir, renouveau…

Il y a quelques mois encore, il se serait esclaffé en songeant à ces notions ridicules. Il n'avait d'ailleurs pas eu la moindre hésitation à rompre avec Timoney et à la chasser de son appartement et de sa vie, convaincu qu'il tournerait facilement la page et se trouverait une autre maîtresse. Mais à présent…

À présent, il comprenait combien il s'était trompé. Il n'avait pas pu l'oublier ni passer à autre chose. Timoney l'avait changé avant qu'il s'en aperçoive, et il était trop tard pour revenir en arrière.

Cette femme rencontrée à une soirée à laquelle il n'avait même pas eu l'intention de se rendre lui avait souri, bouleversant en un instant son existence. Le moment était sans doute venu de l'admettre et de cesser de se battre.

Il était pratiquement 10 heures quand Timoney s'éveilla enfin : l'heure à laquelle elle était censée remonter l'allée d'une église située quelque part dans la campagne anglaise pour épouser un homme qui convoitait son corps et qui aurait éteint jusqu'à la dernière étincelle d'espoir qui brûlait encore en elle.

Si leur relation était loin d'être parfaite, Crete pouvait au moins se targuer de l'avoir sauvée de ce funeste destin. Et quoi qu'il se passe entre eux, il y trouverait toujours du réconfort, car plus que quiconque, Timoney méritait d'être heureuse ou au moins de ne pas être enchaînée à un salaud comme Julian Browning-Case.

Alors qu'il n'était pas dans la chambre, il sut instinctivement quand Timoney quitta le lit, tant il était habitué à vivre seul dans sa « prison ». À moins que ce ne soit tout simplement dû au peu de décoration de son appartement. S'il avait pris la peine de faire installer un tapis dans la chambre, il n'aurait pas eu l'occasion de suivre les pas de Timoney sur le sol froid.

Elle gagna la salle de bains et entra dans la douche.

Aussitôt, son esprit fut submergé d'images de son corps nu, mouillé et couvert de savon, prêt à l'accueillir s'il le demandait.

Serrant les poings, il secoua la tête pour chasser cette vision enchanteresse.

Il y avait plus important que la libido !

Après ce qui lui sembla une éternité, Timoney apparut enfin, les yeux encore embrumés de sommeil, ses cheveux humides collant au vieux T-shirt qu'elle avait enfilé.

Malgré lui, il nota qu'elle portait également l'un de ses boxers, et son cœur se serra d'émotion. Mais cette fois, il ne chercha pas à ignorer cette émotion ou à la combattre. Il la laissa l'envahir.

Les yeux de Timoney étincelèrent quand elle le vit, mais elle sembla se reprendre, comme si elle voulait se protéger.

Sa réaction le toucha profondément. Il en était responsable et il ne pouvait pas le supporter. Timoney méritait mieux.

Puis ses yeux s'écarquillèrent, et elle s'approcha de lui.

— Qu'est-ce que c'est que ça ?

— C'est Noël, répondit-il simplement.

Le dépassant, elle regarda autour d'elle d'un air surpris, et il ne put s'empêcher de retenir son souffle.

Il avait fait ce qu'il pouvait en quelques heures, mais rien ne garantissait que sa surprise lui plairait.

Timoney semblait tellement aimer Noël qu'il avait pris la décision de faire livrer plusieurs sapins. Il avait également décoré avec soin cette pièce qu'elle avait toujours détestée. À présent, des dizaines de petites lumières colorées donnaient à la fois une atmosphère festive et un peu de chaleur dans cet appartement qui en avait tant besoin… Exactement comme lui. Il reflétait à présent les sentiments que Timoney éveillait en lui chaque fois que leurs regards se croisaient ou qu'un sourire venait éclairer son visage.

Las ! s'il lui était impossible de l'ignorer ou même de le nier, le reconnaître et le lui avouer n'était pas facile pour autant.

Timoney se tourna vers lui, et il dut se faire violence pour ne pas détourner les yeux, tant il était mal à l'aise. Il ne s'était jamais senti aussi vulnérable.

— Crete…, murmura-t-elle, l'air émerveillé.

— *Timonitsa mou,* je ne veux surtout pas que tu croies que je cherche à t'impressionner avec mon argent. Je n'essaie pas de prouver que je peux acheter ce qui me plaît, je…

Il s'interrompit alors qu'elle s'avançait vers lui, les bras tendus, avant de les laisser retomber en silence comme si elle craignait de le vexer.

Il retint un juron.

Il ne cherchait pas à l'inquiéter, mais il devait arborer une expression sévère tellement la situation le perturbait.

Il n'avait pas pour habitude de renoncer ou de s'avouer vaincu aussi rapidement. Sa vie n'avait jamais été facile. Il n'était pas de ceux qui étaient capables d'obtenir ce qu'ils voulaient d'un simple sourire ou d'un mot doux. Non, il s'était acharné corps et âme à atteindre ses objectifs. Le travail ne lui avait d'ailleurs jamais fait peur, lui apportant au contraire satisfaction et réconfort. Mais, si l'argent durement gagné lui avait permis d'acquérir cette magnifique prison, il ne l'avait pas rendu heureux. Du moins, pas aussi heureux que ces éclats de couleur sur le mur de son bureau, plus vibrants que tout ce qu'il avait connu jusque-là… et dont il ne pouvait plus se passer.

Il avait franchi de nombreux obstacles tout au long de son existence, mais aucun ne lui avait paru aussi insurmontable que la tâche qui l'attendait aujourd'hui.

— Ton mariage aurait dû commencer il y a cinq minutes, fit-il remarquer. Je suis surpris que personne ne t'ait téléphoné afin de savoir où tu étais.

Timoney resta un instant silencieuse avant de rétorquer :

— Joyeux Noël à toi aussi, Crete. J'imagine qu'ils m'ont appelée des dizaines de fois et ont mené des recherches dans tout le domaine, mais vois-tu, avec le kidnapping et le reste, je n'ai pas eu le temps de laisser un mot ni d'emporter mon portable.

Elle ne souriait pas, mais elle semblait d'humeur taquine.

Il l'étudia un instant, s'exhortant à être patient et à faire les choses dans l'ordre, comme elle le méritait.

— Souhaites-tu les contacter pour expliquer la situation ?

Timoney ouvrit la bouche et la referma, sa poitrine se soulevant au rythme de sa respiration.

— Non, dit-elle enfin.

Comme il restait silencieux, elle soupira.

— Je pense que mon absence parle d'elle-même. Julian croira sans doute que c'est parce que je l'ai surpris avec une autre femme la nuit dernière, mais ce n'est pas grave.

— Je peux te ramener chez ton oncle, si c'est ce que tu veux, se força-t-il à dire, la gorge douloureusement serrée en prononçant ces mots.

Timoney secoua négativement la tête.

— Je n'en ai aucune envie.

— Tu en es sûre ?

— C'est le premier jour du reste de ma vie, Crete, déclara-t-elle d'une voix claire. J'ai toujours eu envie de faire de grandes choses avant de tomber amoureuse. Et quand je me suis retrouvée seule, je me suis laissé convaincre d'épouser un homme que je n'aimais pas et que je n'aurais même jamais considéré comme mari potentiel si mes parents avaient encore été en vie. À présent, je crois que je souhaite réaliser certains de ces rêves, ou même tous.

— Dans ce cas, tu devrais commencer par retirer cette bague, proposa-t-il en montrant sa main gauche.

Il n'y avait aucune hésitation à avoir. Quand on voulait quelque chose, on faisait en sorte de l'obtenir, mais il ne s'agissait pas que de lui. Il s'agissait aussi de Timoney, il ne devait pas l'oublier.

— S'il te plaît, reprit-il plus doucement.

Il avait mené de nombreux combats et de nombreuses négociations, mais pour la première fois depuis bien longtemps, il ignorait totalement comment son interlocutrice allait réagir. C'était une situation aussi inconfortable qu'inhabituelle.

Timoney écarquilla les yeux avant de les baisser vers sa main, comme si elle avait oublié l'existence de sa bague de fiançailles.

Fonçant les sourcils, elle ôta l'énorme diamant et le jeta à travers la pièce.

La bague ricocha sur le sol avant de disparaître sous un des sapins, et Crete ne put s'empêcher de hocher la tête avec satisfaction.

— Ça fait du bien ?

Timoney sourit enfin, de ce sourire qui lui avait coupé le souffle lors de leur première rencontre et chaque fois depuis.

— Oui, acquiesça-t-elle avec enthousiasme en plongeant son regard dans le sien.

Fermant un bref instant les yeux pour se donner du courage, il sortit une petite boîte de sa poche et s'agenouilla.

Tandis que Timoney dormait, à l'aube, il avait réveillé l'un des bijoutiers les plus en vue de Londres et l'avait convaincu de venir en ce matin de Noël lui proposer ses plus belles bagues pour en acquérir une. Il avait payé une petite fortune pour ce service particulier, mais peu importait. L'expression qui s'affichait à présent sur le visage de Timoney valait tout l'or du monde, et quelle que soit sa réponse, il saurait s'en contenter…

C'est du moins ce qu'il s'était répété en attendant de la voir apparaître dans le salon. Mais à présent, rien n'était moins sûr. C'était elle qu'il voulait. Elle seule et tout entière.

— Je voulais t'offrir un Noël mémorable parce que je veux t'offrir ce qu'il y a de mieux. Je veux réaliser tous tes rêves, Timoney.

— Crete, que…

Elle s'interrompit, la gorge serrée, avant de reprendre.

— Qu'est-ce que tu fais ?

Il ouvrit la bouche et la referma aussitôt.

Il ne pouvait pas se permettre d'hésiter, sans quoi il risquait de retomber dans ses travers et d'ériger de nouvelles barrières plus solides que les précédentes derrière lesquelles se réfugier. Son quotidien qui semblait sur le point de s'illuminer enfin redeviendrait aussi froid et solitaire que lorsque Timoney était partie.

Et maintenant, il était là, agenouillé devant cette femme qui avait le pouvoir de le combler de bonheur ou de le condamner à la solitude pour le restant de ses jours, une perspective qui le terrifiait, lui qui n'avait pourtant jamais craint de relever le moindre défi.

Il ne s'était jamais agenouillé devant quiconque. C'était un signe de soumission, un aveu de faiblesse. Toute sa vie, il s'était efforcé de soumettre ses adversaires, de les vaincre, afin de prouver sa supériorité, mais à présent, les choses avaient changé. Il se sentait à la fois incroyablement vulnérable, mais également incroyablement puissant. Il était prêt à affronter ses propres démons et à offrir son cœur à une femme tout en ayant pleinement conscience qu'elle avait le pouvoir de le blesser et de le faire souffrir plus que quiconque avant elle.

— Je veux te rendre heureuse, déclara-t-il d'un air sérieux, et je veux t'aimer. Je ne suis pas très doué pour ces choses-là, comme tu le sais déjà, admit-il avec un sourire sans joie, mais…

Il s'interrompit pour la regarder.

Debout devant lui, une main plaquée sur la bouche comme si elle ne pouvait pas croire ce qu'elle voyait, avec ses cheveux humides, ses pieds nus et son visage sans le moindre maquillage, elle était plus belle que jamais, plus belle que toutes les femmes qu'il avait pu connaître, plus belle encore qu'elle ne l'était lors de leur première rencontre. Avec elle, tout devenait possible, du moins avait-il décidé d'y croire. La décision ne lui appartenait plus, son avenir ne lui appartenait plus. Il dépendait entièrement de Timoney et de sa réponse. Il était à sa merci.

— Je ne connais rien à l'amour ou à l'espoir, mais je te connais, toi. Et c'est ce que tu représentes pour moi, Timoney. Grâce à toi, j'ai commencé à croire à l'amour, ajouta-t-il en lui présentant la bague qu'il avait choisie.

C'était une pierre de lune opalescente entourée de petits diamants qui étincelaient autant qu'elle.

— Es-tu vraiment… ? commença-t-elle avant de s'interrompre. C'est une…

— Oui, c'est une déclaration, *Timonitsa*. Je veux t'épouser, dit-il en plongeant son regard dans le sien. Je te l'ai déjà dit, mais je ne t'ai pas expliqué pourquoi. Enfin si, mais ce n'est pas toute la vérité, reconnut-il en haussant les épaules. Je ne le fais pas parce que tu auras besoin d'argent jusqu'à ce que tu puisses avoir accès à ton héritage ou pour toutes les raisons ridicules que je t'ai données. Je… Je cherchais seulement à me protéger et à cacher ce que je ressentais vraiment, admit-il avec une grimace. Mais je ne veux plus me cacher, Timoney. Je… Je t'aime, et je tiens à ce que tu le saches.

Elle murmura quelque chose, mais il ne l'entendit pas.

Il ne lui avait pas tout dit, et il ne pouvait pas s'arrêter maintenant. Ses pensées se bousculaient, et il secoua la tête pour ne pas se laisser déstabiliser. Il fallait qu'elle comprenne ce qu'il ressentait, il le fallait.

— Avec toi, j'ai l'impression d'être un homme et non une créature étrange ou un monstre envoyé parmi des êtres humains qui ne pourront jamais me comprendre. Avec toi, je ne suis qu'un homme fait de chair et de sang et capable de t'aimer autant que tu mérites de l'être. Je ne sais pas si j'arriverai à me débarrasser totalement de cette colère et de cette douleur qui m'ont fait avancer jusqu'à présent, mais j'ai décidé de ne plus les entretenir. J'ai voulu me convaincre que j'avais besoin d'elles pour avancer, mais ce n'était qu'un mensonge. Je te promets que je vais changer, Timoney. Tu peux me faire confiance.

Elle murmura son nom, et cette fois, il l'entendit.

— Tu es tout pour moi, *Timonitsa mou*. Tu es la lumière illuminant ma vie, l'espoir pouvant me sauver. Tu sais aussi bien que moi que j'obtiens toujours ce que je veux, ajouta-t-il avec une pointe d'arrogance, mais j'ai décidé de changer. Je peux le faire, Timoney. Tu n'as qu'à regarder autour de toi pour t'en convaincre.

Il baissa un instant la tête pour reprendre son souffle avant de plonger à nouveau les yeux dans les siens.

— Si tu acceptes de me donner une chance, je passerai le restant de mes jours à devenir l'homme que tu fais de moi quand nous sommes ensemble. J'apprendrai à être comme toi, qui es aussi courageuse et féroce qu'une lionne prête à tout, y compris à te battre pour un cœur aussi sec que le mien. Je ne douterai pas, comme tu n'as jamais douté que tu pourrais me faire changer. Tu es incroyable, Timoney, déclara-t-il avec un sourire. Tu m'inspires, et je te promets de me dévouer corps et âme à ton bonheur et de faire tout ce que je peux pour me racheter. Je tournerai la page et laisserai mon passé derrière moi. Tout ce qui m'importe à présent, c'est l'avenir – *notre* avenir, précisa-t-il doucement. Et je te fais le serment de t'aimer jusqu'à mon dernier soupir si…

Sa gorge se serra, et il se reprit.

— Si tu acceptes de m'épouser ?

Durant ce qui lui sembla une éternité, Timoney se contenta de le regarder comme si elle ne parvenait toujours pas à croire ce qu'elle entendait.

S'efforçant d'être patient, il attendit en silence, sans la quitter du regard. Son cœur battait la chamade, et il se sentait sur le point de chanceler, mais il tint bon.

Enfin, les grands yeux bleus de Timoney se remplirent de larmes, et il eut l'impression de recevoir un coup de poing dans le ventre.

Il aurait dû s'en douter. Elle ne pouvait pas lui pardonner. Discuter ou se mettre en colère était inutile. Elle avait pris sa décision, et il allait devoir s'y plier. Il était trop tard…

Une douleur sourde se répandit dans sa poitrine, et il crut qu'il allait tomber. C'était sans doute ce que l'on ressentait quand on avait le cœur brisé…

Quelle ironie ! Lui qui s'était toujours targué de ne pas croire à l'amour, il souffrait plus qu'il aurait pu l'imaginer. Pire, il allait devoir continuer à vivre sans Timoney à ses côtés. C'était une perspective insoutenable.

Résigné, il voulut se relever, mais Timoney lui sourit

soudain. Elle était plus radieuse que jamais à travers ses larmes, et il se surprit à espérer de nouveau.

Soudain, elle se jeta dans ses bras, et il perdit l'équilibre, réussissant in extremis à amortir leur chute de son corps comme Timoney le couvrait de baisers tout en riant.

— Oui ! s'écria-t-elle avant de l'embrasser de nouveau. Oui, je veux t'épouser. Je t'aime, Crete. Oui, mille fois oui !

Comme elle prenait ses lèvres, il eut soudain l'impression de flotter. Les barreaux de sa cellule avaient enfin cédé, le libérant de son passé et de sa douleur.

Glissant l'anneau à son doigt, il se promit de tenir parole et de la rendre heureuse.

Timoney était sa lumière, son phare dans la nuit. Avec elle, il pouvait enfin croire à l'amour et vivre pleinement. L'avenir leur appartenait, et il avait bien l'intention d'en profiter.

12.

Un an plus tard jour pour jour, Timoney George se préparait à descendre le grand escalier de la maison de Belgravia que Crete et elle avaient choisie ensemble, pour épouser l'homme qui l'attendait dans le salon décoré avec soin pour Noël.

Elle ne s'était jamais sentie aussi vivante ni aussi heureuse. Elle se sentait tellement légère qu'elle n'aurait pas été étonnée de s'envoler.

L'année écoulée avait été la plus heureuse de toute son existence. Et dire que tout avait commencé sur le sol froid de son appartement londonien qu'il avait réussi à décorer pendant qu'elle dormait ! Elle avait encore du mal à y croire, mais Crete avait tenu parole, lui donnant l'impression de vivre un rêve éveillé.

Son oncle refusait toujours de lui adresser la parole, mais même si elle désirait respecter le souhait de ses parents qu'elle fasse tout son possible pour garder une relation avec lui, elle ne se sentait pas coupable. Au contraire, elle était soulagée.

Quand elle lui avait expliqué pourquoi elle ne pouvait pas épouser Julian, il s'était contenté de lui rire au nez en lui ordonnant de cesser de faire l'enfant. Elle ne lui avait pas dit toute la vérité, prétextant que c'était le comportement de Julian qui l'avait poussée à rompre, mais sa réaction prouvait qu'il se moquait éperdument de ce qu'elle ressentait.

Surprendre son futur époux avec l'une de ses maîtresses la veille de son mariage ne constituait pas, selon lui, une raison suffisante pour annuler la cérémonie.

Quant à Julian, il ne lui avait pas non plus rendu la tâche facile. Il s'était mis en colère et n'avait pas hésité à la menacer quand elle l'avait appelé pour lui annoncer sa décision d'annuler le mariage.

Si elle avait tenu à le faire malgré les objections de Crete, ce n'était pas pour le ménager ou lui faire ses adieux, mais simplement parce qu'elle ne voulait plus se cacher. Elle avait pris sa décision et était prête à assumer son choix aux yeux du monde entier.

Bien entendu, Crete n'avait pas pu s'empêcher d'intervenir, mais elle ne lui en voulait pas. Installée sur ses genoux, elle n'avait pas émis la moindre objection quand il avait pris le téléphone pour couper Julian au beau milieu d'une tirade particulièrement grossière. Il lui avait proposé de s'en prendre au véritable responsable, à savoir Oliver, s'il tenait à obtenir réparation pour l'annulation du mariage. Après tout, c'était lui qui lui avait proposé d'épouser sa nièce. Quand Julian s'était emporté de nouveau, Crete lui avait précisé qu'il était prêt à confier l'affaire à son équipe juridique si Julian tentait de s'en prendre à elle d'une façon ou d'une autre. Cette menace à peine voilée ainsi que le ton de sa voix avaient convaincu Julian qu'il était sérieux. Celui-ci ne l'avait pas contactée depuis, ce dont elle se réjouissait. Il avait disparu de sa vie aussi vite qu'il y était entré.

Quelques jours après la nouvelle année, Crete l'avait ramenée chez son oncle pour prendre ses affaires. Celui-ci avait quitté la maison en guise de protestation, mais Hermione les avait accueillis et les avait invités à prendre le thé.

Son insistance à défier les ordres de son mari l'avait à la fois surprise et émue, et lorsque sa tante s'était autorisée à prendre un petit four sous les yeux ébahis de ses filles, Timoney n'avait pu s'empêcher d'être rassurée.

Sa décision ne l'avait donc pas coupée du peu de famille qui lui restait. Finalement, elle allait peut-être pouvoir maintenir des liens familiaux, du moins en ce qui concernait sa tante et ses cousines.

Quelques semaines plus tard, ils avaient trouvé une maison à proximité de celle qu'elle occupait autrefois.

À l'époque, Crete n'avait pas pu s'empêcher de faire des commentaires désobligeants sur le quartier, mais les choses étaient très différentes à présent. Il était heureux, ils étaient heureux, et leur avenir s'annonçait radieux.

Crete avait d'ailleurs radicalement changé. Il avait appris à déléguer. Une horde d'employés étaient à présent chargés des tâches secondaires, ce qui lui permettait d'avoir plus de temps libre. Quant à ses assistants, ils se réjouissaient de pouvoir enfin lui prouver leur valeur.

Elle avait également choisi d'aller de l'avant en créant la *Fondation George* en l'honneur de ses parents. C'était une façon de donner un sens à sa vie, pour elle qui avait toujours tout reçu sur un plateau d'argent.

Enfin, presque tout, car elle avait dû se battre pour le cœur de son futur époux…

Malgré elle, ses souvenirs la ramenèrent à cette soirée d'automne où elle avait organisé son premier bal. C'était la première fois qu'elle et Crete dansaient ensemble en public, et elle se rappelait chaque instant : de sa main prenant la sienne où sa bague de fiançailles brillait de mille feux à sa paume chaude et réconfortante dans le bas de son dos. Et ses yeux qui ne lui avaient jamais paru aussi bleus et où elle avait failli se perdre.

Il y avait aussi ce sourire éblouissant qui lui était réservé, la preuve, une de plus, de son amour pour elle.

Non pas qu'elle en ait besoin pour s'assurer que ses

sentiments n'avaient pas changé. Crete n'avait plus la moindre hésitation à lui avouer ce qu'il ressentait. Il le faisait régulièrement tout au long de la journée et de la nuit, et elle lui rendait la pareille.

La voix grave et sensuelle de Crete qui la contemplait depuis le bas de l'escalier la tira de ses pensées.

— Mon amour ! s'écria-t-il, ses yeux s'assombrissant. Tu es magnifique. Tu es prête, *kardia mou* ?

Un frisson d'excitation la saisit à le voir tellement séduisant dans son costume sombre, un sourire illuminant son beau visage.

Il était à la fois similaire et différent de l'homme qu'elle avait rencontré vingt mois plus tôt dans cette boîte de nuit.

Il était toujours aussi sexy, et il lui suffisait toujours d'un regard pour lui faire perdre le contrôle de ses émotions et de son corps. La différence résidait dans sa façon de la regarder avec amour. Le Crete Asgard croisé dans un club select de Londres préférait dissimuler ses émotions sous un masque d'impassibilité. Son futur époux ne cherchait plus à cacher ce qu'il ressentait. Il l'aimait, et il croyait à présent en l'avenir.

— Je suis plus que prête, déclara-t-elle en prenant la main qu'il lui tendait.

Crete l'entraîna dans le salon où les attendait l'officiant.

La pièce était à l'image de leur relation. Des tableaux aux couleurs vives avaient été accrochés aux murs et des fauteuils confortables invitaient à s'y installer pour lire ou pour se détendre.

Sur le sol, des tapis épais et moelleux protégeaient du froid, et des plantes disséminées çà et là donnaient une atmosphère chaleureuse à l'ensemble.

Dans un coin de la pièce trônait un magnifique arbre de Noël décoré d'une multitude de petites lumières dorées brillant de mille feux.

Lorsqu'ils eurent prononcé leurs vœux, Crete la prit dans ses bras et l'embrassa tout en lui murmurant des mots d'amour qui la firent trembler de joie. Un grand sourire aux lèvres, il la contempla, les yeux brûlant d'amour.

Elle lui rendit son sourire au centuple.

Elle était tellement heureuse ! Même dans ses rêves les plus fous, elle n'aurait jamais imaginé se retrouver mariée à Crete Asgard. Elle l'avait longuement espéré, bien sûr, mais elle avait fini par se convaincre que cela n'arriverait jamais. Et pourtant, Crete était à présent son mari. Cet homme qui avait le pouvoir d'impressionner ses adversaires et son entourage d'un simple regard lui appartenait corps et âme pour toujours.

Ils se tournèrent vers la salle où applaudissaient leurs amis ainsi que le demi-frère et la demi-sœur de Crete.

Comme Crete s'y était engagé, il avait fait des efforts pour faire la paix avec son passé, allant jusqu'à reprendre contact avec sa famille. Tout n'était certes pas oublié, mais il faisait de son mieux pour aller de l'avant.

Ivre de bonheur, elle éclata de rire comme il la soulevait dans ses bras.

Elle ne lui avait pas encore tout dit. Il ignorait qu'un enfant, leur enfant, grandissait en elle. C'était son petit secret… pour l'instant.

Elle avait bien entendu l'intention de lui en parler très vite, mais pas maintenant. C'était une nouvelle à célébrer en privé, quand ils ne seraient que tous les deux. Pour l'instant, ils devaient faire la fête avec leurs amis et leurs proches.

— À l'amour et à l'espoir, lança Crete avant de poser un baiser sur ses lèvres.

— À l'amour et à l'espoir, répéta-t-elle. Pour toujours.

Des applaudissements retentirent de nouveau, mais ils les entendirent à peine.

L'avenir leur appartenait.

Retrouvez prochainement,
dans votre collection

AZUR

La maîtresse de Vincenzo Moretti, de Maisey Yates - N°4532

Jamais Eloïse n'a oublié Vincenzo Moretti, prince d'Arista. Ni la façon dont son ami d'enfance l'a rejetée le jour où elle a été prise dans la tourmente d'un scandale. Aujourd'hui qu'il vient la retrouver, elle est aussi troublée que méfiante. Troublée, car il éveille en elle les mêmes fantasmes qu'autrefois. Méfiante, parce qu'il lui demande de rentrer avec lui au palais... pour y jouer le rôle de sa maîtresse ! Mais la situation se complique encore quand ils cèdent à la passion et qu'à la veille de Noël Eloïse se découvre enceinte...

Une alliance inoubliable, de Sharon Kendrick - N°4533

Cela fait dix-huit mois que Louise n'a pas croisé Giacomo Volterra. Son mari l'a en effet abandonnée au moment où elle avait le plus besoin de lui. Quel choc pour elle de le voir débarquer dans le petit village où elle s'est réfugiée après leur séparation ! Mais la raison de sa venue est plus incroyable encore. Giacomo lui révèle qu'il a tout oublié de leur mariage à la suite d'un accident. S'il est là, c'est pour qu'elle l'aide à recouvrer la mémoire, en lui rappelant les mois passionnés qu'ils ont passés ensemble...

Un tendre mystère, de Maya Blake - N°4534

Ekow Quayson ne croit pas aux coïncidences. La personne qui pirate sa banque se trouve à Cape Town, précisément la ville où il a rencontré une beauté fatale quelques mois plus tôt. Se pourrait-il que la douce Eva ait profité de leur liaison pour s'en prendre ensuite à lui ? Résolu à percer ce mystère, il s'envole en jet vers la femme qu'il n'est pas parvenu à oublier. Or voilà qu'en se confrontant à Eva il découvre qu'elle a eu un bébé de lui...

Un hiver au domaine, de Nina Singh - N°4535

Noël est synonyme de surprises, or Izzy en reçoit une de taille en découvrant Zayn Joffman sur le pas de sa porte ! Si l'homme d'affaires est de retour à Stackhouse, le domaine vinicole qu'elle dirige, c'est qu'ils en sont les héritiers ! Hélas, tous deux ne partagent pas la même vision quant à l'avenir des lieux. Tandis qu'Izzy est très attachée à son côté familial, Zayn voudrait propulser l'établissement sur le marché du vin haut de gamme. Mais il y a pire : alors qu'ils sont contraints de collaborer, l'attirance qui les liait autrefois resurgit, plus intense encore...

Les amants des neiges, d'Ellie Darkins - N°4536

Jess n'aime plus Noël. Toutefois, alors qu'elle s'apprête à passer les fêtes seule dans une lugubre demeure bloquée par la neige et probablement peuplée de fantômes, elle est prise d'angoisse. Jusqu'à ce qu'un homme frigorifié fasse irruption dans le manoir pour lui demander son aide. Bientôt, l'énigmatique Rufus se révèle être le maître des lieux. Pourrait-il être aussi celui de son cœur ?

Le défi d'Aisha, de Joss Wood - N°4537

De retour au Cap après une longue absence, Aisha est résolue à mettre le passé de côté pour se concentrer sur la mission qui pourrait propulser sa carrière : préparer l'ouverture du très luxueux hôtel de St. Urban. Hélas, elle découvre avec consternation qu'elle devra collaborer avec le grand chef étoilé Pasco Kildare. Pasco, qui n'est autre que son ex-mari et la raison pour laquelle elle est partie autrefois, le cœur brisé…

Le bébé de Singapour, de Kandy Shepherd - N°4538

Riche héritière, Sally Harrington s'envole pour Singapour avec l'intention d'échapper quelque temps à la frénésie de Londres et à l'intérêt qu'elle y suscite. Mais son séjour est loin d'être de tout repos. Sauvée de la noyade par un bel inconnu, elle passe une nuit inoubliable avec lui. Quel choc pour elle de découvrir au lendemain de leur étreinte que son amant n'est autre que le prince Edward de Tianlipin ! Alors que tous deux n'ont a priori aucun avenir ensemble, les voilà bientôt liés… par un bébé !

Promise à un prince scandaleux, d'Elisa Marshall - N°4539

SÉRIE : *LES MILLIARDAIRES DE GREY MANOR* - 2/3

Un mariage arrangé ? Stupéfaite, Serena de La Roccia découvre que, pour monter sur le trône et maintenir la paix dans son pays, elle doit épouser un prince inconnu auquel elle est promise depuis toujours. Bien que révoltée par cette alliance d'un autre âge, elle se rend à Londres pour apprendre à Alejandro Castelli qu'ils sont liés par un secret d'État. Or cet homme d'affaires, insupportable et scandaleux, ignore tout de son statut royal et refuse même de l'écouter. Jusqu'à ce que Serena décide de le séduire…

Un patron à convaincre, de Michelle Smart - N°4540

SÉRIE : *NOËL AVEC UN HOMME D'AFFAIRES* - 1/2

Un luxueux hôtel niché au cœur des Alpes suisses. Voilà le cadre de travail dans lequel Merry évolue, pour son plus grand plaisir. Satisfaire une clientèle exigeante est son maître mot, aussi est-elle mortifiée quand elle manque assommer un hôte avec un immense sapin de Noël ! Pire encore, l'homme se révèle être Giovanni Cannavaro, avec lequel elle est censée collaborer sur un projet d'envergure. Blessée d'être considérée comme une employée gauche, alors qu'elle se tue à la tâche, Merry décide de prouver son professionnalisme à son nouveau patron…

Nuits interdites à Barcelone, de Clare Connelly - N°4541

Quand il croise le regard de Sienna Thornton-Rose lors d'un mariage, Alejandro tombe immédiatement sous son charme. Hélas, il a juré à son meilleur ami de ne pas tenter de séduire cette jeune femme si candide. Toutefois, le jour où elle vient le retrouver à Barcelone pour lui proposer une aventure d'une semaine, il est incapable de résister plus longtemps à la tentation. Grisé par cette parenthèse sensuelle, Alejandro se demande bientôt comment il va pouvoir se contenter de sept nuits torrides…

Une fascination irrésistible, de Maggie Cox - N°4542

Mystérieux et terriblement attirant… Seth Broden est tout le contraire de ce à quoi Imogen s'attendait. Lorsqu'elle s'est présentée au manoir Evergreen, elle souhaitait seulement assouvir sa curiosité en rencontrant le nouveau propriétaire des lieux. Mais, maintenant qu'elle se tient face à Seth et à son sourire ravageur, elle ne peut s'empêcher de regretter sa décision. Cet homme exerce en effet sur elle une fascination irrésistible contre laquelle elle doit lutter, quoi qu'il lui en coûte. Car, si elle cède à la tentation, elle ne s'en sortira pas indemne, elle en est intimement persuadée…